BEINSA DOUNO

PAROLE SACRE DEL MAESTRO

UN RICHIAMO AL DISCEPOLO

Pensieri sacri per la meditazione quotidiana

Traduzione dalla lingua inglese di Cristina De Paolis

Biografia del Maestro Beinsa Douno

Petar Danov Konstantinov (ovvero Peter Deunov) nacque l'
11 luglio 1864 nel villaggio di Nikolaevka in Bulgaria, dalla
famiglia di un prete ortodosso. A 24 anni, si recò negli Stati
Uniti per gli studi universitari, conseguendo le lauree in
medicina e teologia. Due anni dopo il suo ritorno in
Bulgaria, all'età di 33 anni, Peter Deunov chiamato da Cristo
a impartire il suo insegnamento prese il nome spirituale di
Beinsa Douno.

Il Maestro, Beinsa Douno iniziò la sua missione offrendo
lezioni a un piccolo gruppo di seguaci. Egli predicò il Divino
Insegnamento di quell'Amore che porta la vita, della Sapienza
che porta la luce, della verità che porta la libertà.

Ben presto i suoi seguaci aumentarono fino a includere molte
migliaia di persone in Bulgaria e all'estero. Nel 1927 fu
stipulato un accordo che riconobbe la sua comunità di seguaci
e gli permise di creare un insediamento nei pressi della capitale
bulgara di Sofia.
Il Maestro chiamò tale insediamento "Izgrev," che significa
"Alba". Qui si stabilì con i suoi discepoli e fondò una scuola
con classi di insegnamento esoterico per giovani. Istituì classi
esoteriche anche per adulti. Lì giornalmente impartì lezioni e
si intrattenne in colloqui con suoi discepoli e la domenica
tenne sermoni aperti al pubblico.

La musica occupava un posto speciale nella vita della
comunità. Il Maestro era un grande musicista e compositore
tanto che creò molte canzoni spirituali e melodie che suonava

sul suo violino. Suonare strumenti musicali e cantare era una parte integrante delle attività quotidiane della comunità. Introdusse la Paneuritmia come metodo per lo sviluppo spirituale e continuazione dell'evoluzione del genere umano.

La Paneuritmia è un insieme di movimenti meditativi messi in musica ed eseguiti durante i mesi primaverili ed estivi all'aria aperta. Il Maestro incoraggiava i suoi seguaci a svolgere la Paneuritmia e di esercitarla in montagna, dove le forze cosmiche possono essere ricevute nel loro stato più puro.

Secondo le norme di traslitterazione generalmente accettate, il nome secolare del Master deve essere Petar Danov e il suo nome spirituale Beinsa Douno. Tuttavia, il nome Peter Deunov e Beinsa Douno hanno già acquisito una notevole popolarità grazie alla sua traslitterazione francese. Abbiamo deciso di mantenere tali versioni in questo libro così come nelle nostre varie pubblicazioni in inglese per motivi di coerenza.

Il Maestro non mancava mai di affrontare le cose ordinarie Della vita. Nelle sue lezioni, un posto speciale veniva dedicato alla nutrizione, alle cause della malattia, alla funzione del matrimonio e della genitorialità, e all'educazione della futura generazione. Essendo vissuto Durante la prima e la seconda guerra mondiale, il Maestro spiega le cause di questi dolorosi eventi e offre dei metodi per evitare ulteriori distruzioni.

La vita del Maestro Beinsa Douno esemplifica perfettamente come vivere correttamente e, cosa ancora più importante, come destreggiarsi perfettamente nelle due grandi leggi: l'amore per Dio e l'amore per il prossimo.

Il Maestro concluse la sua vita terrena a Sofia il 27 dicembre 1944, con le parole: "un piccolo compito è stato compiuto per Dio".

Vi auguro che questi pensieri sacri del Maestro lavorino nella Vostra anima come semi divini.

Ho tradotto questo libro per la Gloria di Dio e per il bene della mia anima.

Cristina De Paolis

ALLE ANIME CHE SONO IN ATTESA

Ciò che attendete sta arrivando!
Ciò che apprezzate nelle vostre anime è la realtà di domani!
Venite nella regione della primavera eterna!
Venite nella terra dell'eterna giovinezza.
Venite nel paese della gioia!
Venite nel luogo dell'amore.
È così vicino a voi.
Non esiste malattia, nè morte in quel luogo.
Venite a ricevere i tesori che vi appartengono.
Venite a trovare coloro che vi conoscono e che voi conoscete.

QUANDO IL SOLE SPLENDE

Quando il sole splende, la terra è risvegliata, le gocce d'acqua sprizzano nelle sorgenti e cominciano a scorrere, il vento soffia, i fiori sbocciano, le piante donano i loro frutti e l'uomo si risveglia e comincia a pensare.

Questo libro è per il Discepolo.

Questo libro è per ogni uomo.

L'animale ha imparato a sentire.

Ma l'uomo è venuto sulla terra per pensare.

L'universo è oggetto di lezione per lui.

Egli è chiamato a studiare.

"È stato creato ad un livello leggermente più basso degli Angeli".

L'uomo studia e gli Angeli sono al servizio.

Quello che gli Angeli hanno imparato, ora lo applicano per servire.

Gli uomini sono Discepoli, e gli Angeli sono Servitori.

Per essere in grado di servire, si deve essere stati prima Discepoli.

Il Servitore del cielo è più elevato del Discepolo della terra.

Il Figlio dell'Uomo non venne per essere servito, ma per essere Servitore.

Così i Discepoli studiano e il Maestro è Servitore.

LA VIA DEL MAESTRO
Ama il cammino perfetto della Verità e della Vita
Poni il Bene come fondamento della tua casa
La Giustizia come misura
L'Amore come ornamento
La Saggezza come recinto
La Verità come luce
Solo allora mi conoscerai e io mi manifesterò a te.

DIO

Quello che genera l'eterna nostalgia nell'anima umana e che cerca in migliaia di forme è l'Amore di Dio.
La più grande cosa nella vita del Discepolo è il suo sforzo verso l'alto, verso l'eterno Bene.

IL MAESTRO

Solo il Maestro chiama il suo Discepolo.
E il discepolo conosce la Sua voce.

IL DISCEPOLO

Quando il Discepolo trova il suo Maestro è vicino a Dio.

AMORE VERSO DIO

Il Discepolo inizia con l'Amore.
"Se mi ami, osserverai la mia parola".
Per prima cosa amaLo, ama Colui che sempre è stato vero e immutabile nel Suo Amore verso te.
Ama Colui che ti ha donato la Vita e tutte le condizioni.

I TRE PRINCIPI

La Verità esclude tutti i piaceri.
La Saggezza esclude ogni leggerezza.
L'Amore esclude ogni violenza.

LUCE

Il Discepolo vive nella Luce.

Questo è l'unico vero mondo.

L'ombra non è reale.

Cerca la Luce che non possiede ombre.

Evita tutti i pensieri e le sensazioni che portano oscurità nella tua coscienza.

VERITA'

"La testa della Parola di Dio è Verità"

Dove la Verità splende, il frutto sboccia e matura.

Il Discepolo comprende la Verità solo quando la applica.

PUREZZA

Il Discepolo deve essere puro nei suoi pensieri, desideri e atti per essere accettato dal Maestro per lavorare.

IL SENTIERO DEL DISCEPOLO

Il sentiero del Discepolo è il cammino della rinascita.

E' un sentiero di Luce eterna che conduce all'Amore.

DIO

L'Unico Essere al quale l'uomo può avvicinarsi facilmente è Dio.

L'AMORE PER IL MAESTRO

Il discepolo ama il suo Maestro.

Così è in grado di ricevere ciò che il Maestro gli dona. Il discepolo ama il Maestro.

IL FUOCO

Il discepolo deve passare attraverso il fuoco per essere purificato.

LA GIOIA DEL MAESTRO

Quando la gioia del discepolo è in Dio, allora il Maestro si rallegra del discepolo.

Per il Maestro la Gloria di suo Padre viene prima della sua stessa Gloria.

LA GIUSTA VIA

Il discepolo non ammette nella sua mente alcun dubbio sulla Provvidenza Divina.

Lui sa che il sentiero in cui cammina è giusto.

E' il sentiero che conduce a Dio.

PRUDENZA

Il discepolo deve valutare molto bene le sue azioni in anticipo.
La Prudenza precede la Pace.

IL BENE
Sappi che il discepolo ha sempre la possibilità di fare il bene.
Il bene è la obiettivo della sua vita.

CONVINZIONE
Il discepolo attraversa le tentazioni per mettere alla prova le
sue convinzioni.

L'ANIMA
Considera te stesso solo come un'anima!
Considera te stesso come un'anima vivente tesa verso Dio.

RESISTENZA
Il discepolo deve attraversare forti e dure prove emotive per
imparare a mantenere sveglia la propria coscienza e ottenere la
forza necessaria per resistere a tutto ciò che gli arrivi.
Una vita senza intense esperienze è la vita di un'anima
dormiente.

RESISTENZA
Il discepolo deve resistere a tutto ciò gli giunga.
Dietro le cose che accadono nella sua vita, egli distingue
l'attività dell'infinito Amore che unisce tutte le cose.

MISTICISMO
Una volta che il Discepolo ha trovato il suo Maestro e dopo
che il Maestro gli ha parlato, egli custodisce sacramente la sua
Purezza.

VIGILANZA

La coscienza del discepolo deve sempre essere sempre molto sveglia.

Nel mondo ci sono molte anime in ritardo nel cammino evolutivo che possono escogitare molti generi di trappole per attirarlo e condurlo fuori strada.

IL LAVORO CON IL MAESTRO

Il discepolo deve sperimentare tutto come un'anima, un'anima vivente che ama Dio.

Allora può lavorare con il suo Maestro.

COMPRENSIONE

Le forme sono l'abito delle cose.

Non creano perplessità nè disturbano il discepolo.

Egli cerca l'Idea Eterna che lavora dentro le forme e vede il loro valore.

Allora egli entra in contatto con le regioni dello Spirito, con la vita interiore della Creazione.

LA COSCIENZA DEL DISCEPOLO

I momenti di contemplazione sono momenti sacri in cui le immagini sublimi prendono possesso della coscienza del discepolo.

La contemplazione è indispensabile per il discepolo perchè, in questi momenti, egli mette in ordine la sua vita interiore e ottiene il controllo su se stesso.

SOLITUDINE

E' necessario per il discepolo vivere separato dagli altri per un certo periodo per ottenere stabilità.

Il suo pensiero diviene organizzato e forte.

DIFENDERE LA TUA LIBERTA'

Mantieni la tua anima sempre libera!

PUREZZA

La purezza è l'ambiente in cui il discepolo vive sempre.
Per il discepolo non vi è nulla di più bello della purezza!

L'AMORE DIVINO

L'Amore Divino è la moralità del discepolo!

CRESCITA

I fiori sbocciano e i frutti maturano sotto i raggi del sole.
L'anima del discepolo cresce solo nell'Amore Divino!

CARATTERE

Il discepolo ha un carattere forte quando il suo Amore non cambia. Se cambia non è Amore.

LIBERTA'

Il discepolo ascolta sempre la voce di Dio all'interno della sua anima.
Allora scompare ogni paura e una pace profonda pervade la sua anima. Egli è libero.

L'ANIMA VERGINE
Il discepolo deve condurre una vita pura e vergine.
Solo allora può essere cosciente di se stesso come un'anima vivente, un'anima vergine.

L'IDEALE
Le prove non sono più dure dell'ideale del discepolo.
Per questa ragione il discepolo si può riconoscere solo nel tempo della prova.
Il discepolo è più forte di ogni condizione perchè ne è al di sopra.
Egli porta il Divino in sè stesso.
Ci sono anime dominate dalle condizioni della vita ma tali anime non possono avere nessun ideale.
L'ideale è un'anima con una volontà insormontabile.

ESECUTIVITA'
Il discepolo è rigoroso nei confronti di se stesso!
Egli conserva le parole del Maestro in modo sacro ed esegue tutti i suoi ordini completamente.

IL PRIMO PASSO
Il primo passo del discepolo:
considerare se stesso come un'anima vivente sforzandosi in tre direzioni: sentire, pensare e agire in accordo con Dio.
Il secondo passo:
considerare tutte gli uomini come anime, che devono amare Dio.
I discepoli della Fratellanza Bianca sono anime, non uomini e donne.

FELICITA'
Il discepolo non si aspetta che la sua felicità venga da fuori.
Studia e lavora in se stesso e nel mondo senza cadere nell'incantesimo del mondo.
La felicità apparente del mondo è il guardiano della prigione che apre la porta, lascia fuori i prigionieri e li continua a manovrare.

IL PENSIERO DEL DISCEPOLO
L'anima del discepolo deve esse piena di un pensiero nobile: l'Opera di Dio!

RICORDA
Ricorda una sola cosa: tu sei un'anima vivente che ama Dio!

MAESTRO E DISCEPOLO
Una volta che il Maestro è disceso nel discepolo, il discepolo si avvicina a Lui.
Con l'obbedienza e Amore il discepolo si avvicina al Maestro.
Il Maestro impartisce l'Amore al discepolo mentre discende in lui, ma l'obbedienza del discepolo è necessaria.

ELEVAZIONE
Dapprima il Maestro discende per portare giù l'Amore.
Il discepolo si sveglia e comincia a studiare e ad ascendere.

ELEVAZIONE
Il discepolo conduce una vita naturale ed evita le stranezze.

SILENZIO- LA VOCE SILENZIOSA DI DIO
Il discepolo risolve le maggiori difficoltà in assoluta quiete, mentre tutti dormono e solo Dio è sveglio.
La voce silenziosa di Dio può essere udita solo nel silenzio.

UNA LEGGE
Una legge unisce il Maestro al discepolo: vivere secondo la Volontà di Dio.

IL REGNO DEL DISCEPOLO
La libertà è il vasto Regno in cui il discepolo vive: egli deve difendere la sua Libertà.

LE REALI RELAZIONI
L'anima vive nella Purezza assoluta!
Quando il discepolo non riceve l'Amore dal suo Maestro, come anima, diviene perverso; quando non riceve l'insegnamento, come anima, diviene deforme.

Il NOME
Il Maestro chiama i suoi discepoli per nome.
Solo il Maestro dà il Nome ai suoi discepoli.
E quando il discepolo sente per la prima volta il suo Nome dal suo Maestro, sperimenta una gioia superiore a tutte le felicità sulla terra.

GIOIA
Nessuna lingua può esprimere quello che l'anima sperimenta amando Dio. Il discepolo è sempre gioioso.

APERTURA

Alla mattina, i fiori schiudono i loro petali per assorbire i raggi solari.

L'anima del discepolo si apre al Maestro per assorbire la Verità di Dio.

LUCE

Mentre il discepolo sta cercando la luce al di fuori, nulla può essergli detto riguardo a Dio.

Quando l'oscurità e le nuvole appaiono, una Luce interiore sorge nella sua coscienza e in lui nasce l'Amore per il Creatore!

Lasciatelo prendere questa luce interiore!

Il discepolo attende questo momento sacro nella sua vita.

LA VOCE DEL MAESTRO

Il discepolo non può avere amicizie con le cose temporali e con Dio allo stesso tempo.

Se ama Dio, tutto ciò che è temporale gli apparirà scuro e gradualmente sparirà.

Allora si troverà in un altro mondo, un mondo di Luce, Pace e Gioia.

Lì udirà la voce del suo Maestro.

UNA LEGGE

Il discepolo è felice quando può aiutare un'anima a crescere.

Nel momdo spirituale esiste una legge, che dice che quando uno solo si eleva, tutti vengono elevati!

UN CAMMINO INTERIORE

Il discepolo lavora sui corpi spirituali.
Ci sono cose che gli saranno date dall' interno.
Le condizioni esterne non sono sempre favorevoli.

PRONTEZZA

Quando il discepolo comprende il suo Maestro nel modo
corretto, è recettivo, e molte cose gli verranno insegnate.

CORRISPONDENZA

Quando l'anima riceve ogni cosa con Amore, ogni cosa torna
fuori con Amore. Questa è una Legge Divina.

AIUTO RECIPROCO

La prima legge sacra è: l'amore regna solo nelle sfere pure
della Libertà.
L'Amore esiste solo dove esiste l'assoluta libertà interiore.
Il Maestro dona questa libertà al suo discepolo.
Il discepolo a sua volta deve dare libertà al suo Maestro.
Questa libertà è sacra.

IL MAESTRO

Quando sei oppresso nel deserto della vita, il Maestro sente il
tuo richiamo.
Alza la tua coscienza e allora udirai la Sua Voce.
E troverai conforto.

UNITA'
Solo in Dio può esistere una reale unità di totale Amore e
Gioia.
Quando hai questo, Dio è dentro di te.

IL DIVINO
La vita divina richiede al discepolo di vivere continuamente in
Amore e Gioia.

UN'ALTRO NOME
Sii puro!
Le grandi anime vivono in Purezza assoluta.
In quella dimensione il Maestro dona loro un'altro Nome.

PUREZZA – VITA
Quando la coscienza del discepolo riconosce il vero legame
con il suo Maestro, allora egli ottiene la Purezza che diventa
per lui Vita.
In questa Vita egli studia, cresce e raggiunge la perfezione.

LA VITA PER DIO
Il Maestro è sempre pronto a dire al discepolo le verità su Dio
non appena egli nota che è pronto e che è in lui il desiderio di
vivere per il Grande Amore che tutto abbraccia.
Da questo Amore egli prende la sua forza e diffonde la Luce
che ne riceve.

LA GUIDA DEL MAESTRO
Il discepolo che riconosce Dio nel suo interno, trova il suo
Maestro.

IL SENTIERO
L'applicazione delle leggi divine alla vita, mostra che il discepolo è sul sentiero della Verità.

VITA INTENSA
La vita del discepolo è intensa!
Il discepolo sperimenta gioie e dolori sconosciuti al mondo.
Suo è il dolore dei semi piantati nella terra scura e sua la gioia dei fiori che sbocciano alla luce.

L'AMORE DEL DISCEPOLO
Quando il discepolo ama il suo Maestro, agisce nella sua vita esattamente come il suo Maestro agirebbe.

UNA REGOLA SACRA
Apri il tuo cuore ogni giorno all'Amato della tua anima, così che Egli possa vedere i tuoi più profondi segreti.
Apri la tua anima ogni giorno davanti al Signore!

FEDE
Abbi fede completa in Dio!
Così tutte le paure interiori scompariranno.
Credi che non perderai mai il valore che Dio ha deposto nella tua anima sin da prima della creazione del mondo.
Questa fede ti libera da ogni paura, sfiducia e dubbio e ti rende libero e forte.

UMILTA'
L'umiltà è l'espressione del tuo Amore verso il Creatore.
Le vette inaccessibili inviano la loro benevolenza giù alla valle.

NATURALEZZA
Il discepolo è completamente naturale nella sua vita.
Ciò rende la bellezza e la sincerità in lui.
Questa naturalezza offre le condizioni favorevoli affinchè
l'Amore si esprima.

COMPRENSIONE
Quando qualcosa disturba il tuo punto di vista, cerca di vedere
dietro il velo temporaneo delle forme l'instancabile opera dello
Spirito per l'elevazione delle anime verso l'Eterno.
Attraverso ogni forma guarda l'immagine dell'Eterno.

IL MONDO
La cosa più fatale per l'uomo è cercare di conformarsi al
mondo. Egli ne resta inganato.
Vivere in armonia con la voce dell'Illimitato riempie la sua
vita di significato.

PERCEZIONE
Il Maestro parla al discepolo chiaramente e apertamente.
Il discepolo percepisce le sue parole e le comprende.
Poi le custodisce con sacralità nella sua anima.

IL MAESTRO
Il Maestro discende per rendere manifesto l'Amore.
Questo non è un processo esterno.
Attraverso di lui scorrono le pure correnti dell'Amore verso
tutte gli esseri viventi.
Così Egli vuole attirare le anime verso la Luce e la Gioia in cui
vive.

CORRISPONDENZA

Quando l'albero dà frutti buoni e abbondanti, il giardiniere è felice di annaffiarlo.

I cieli danno abbondanti rami e luce solare su esso.

Quando il discepolo apprezza e custodisce cio che il Maestro gli ha donato, questo fa nascere nel Maestro il desiderio di donargli e rivelargli cose ancora più grandi.

COSE SACRE

La natura saggia ha posto tutte le cose sacre sopra sulle vette inaccessibili, così che solo le anime che sono in grado di apprezzarle, possano rallegrarsi delle loro bellezza.

Il discepolo non deve rivelare le sue cose più sacre al mondo.

VOLONTA'

Nessuno dal di fuori può corromperti, se non lo desideri. Questa è la grande libertà concessa all'uomo dall'inizio dei tempi.

PECCATO

Il discepolo ama i fiori che sbocciano nella sua anima!
Essi sono i pensieri belli, i sentimenti e le azioni.
Li sorveglia e non permette che il gelo li uccida.
Il gelo è quel peccato che gli è sconosciuto.
Il discepolo ama i fiori che sbocciano nella sua anima!

IL BENE

Il discepolo si occupa solo del Bene.

GLI SPIRITI

Il discepolo discerne tra i differenti spiriti.

Gli spiriti maligni si avvicinano a lui come uomini e donne, mentre gli Spiriti della Luce si avvicinano come anime.

IL PRIMO RAGGIO

Aspirare alla Purezza è aspirare all'Amore.

Essa mostra che chi ha abbandonato la vita ordinaria sta lottando per lo straordinario.

Quando il discepolo raggiunge la Purezza, il Primo Raggio dell'Amore sorge in lui.

Allora, davanti al suo sguardo si svelerà la vita illuminata delle anime grandi, la vita a cui è destinata l'anima umana.

Tutto ciò è fatto solo da Dio "A loro Dio ha rivelato tutte queste cose".

SALVAGUARDIA

Custodisci la Libertà che Dio ti ha donato.

Ti aiuta a evolvere e a costruire il tuo carattere.

UNA MASSIMA

È cosa grande e gloriosa per l'uomo servire Dio e abitare nel suo Amore.

LA TUA VITA

La sorgente che viene dalle cime bagna ogni cosa lungo il suo percorso.

Se vuoi aiutare l'umanità, correggi la tua stessa vita.

Così applicherai la legge della primavera.

PAZIENZA

Il discepolo può essere paziente perchè sa come aspettare.
Il discepolo può essere paziente perchè capisce.
Il discepolo può essere paziente perchè sa che c'è un tempo
per ogni cosa.

TOLLERANZA

Il discepolo sopporta tutti i rimproveri e le derisioni del mondo
con grande tolleranza.

LA MENTE

La luce della mente dona chirezza e consapevolezza alla
coscienza del discepolo perchè egli possa essere sempre in
contatto con lo Spirito.

MITEZZA

La mitezza è una grande e pura sorgente pure nella vita.
Sii sempre mite e difendi sacramente nella tua anima tutto ciò
che sgorga da questa sorgente!

SEMPRE

Proteggi sempre la tua purezza interiore.

IL MAESTRO E IL DISCEPOLO

La sincerità è un prerequisito per l'armonia tra le loro anime.
È la condizione nella quale il Maestro può donare e il discepolo
può ricevere.
La sincerità è la condizione per lo scambio corretto tra il
Maestro ed il discepolo.

ATTEGGIAMENTO
Quando il discepolo è sincero, il Maestro è gentile con lui.
Quando il discepolo non è sincero, il Maestro è severo con lui.

ESPERIENZA
Ci sono esperienze che segnano epoche nella vita del discepolo.
L'esperienza che il discepolo fa, è solo per lui.
È la regione sacra della sua anima! È la sua ricchezza spirituale!
Egli può trasmettere questa a qualcun altro con la legge della libertà interiore ma egli può farlo solo con un'anima affine il cui cuore arde di un Amore sacrificale e pronto a servire Dio.
Se lui trasmette qualcosa a qualcuno che non è pronto a capirlo e a valutarlo, egli sperimenterà un grande dolore all'interno della sua anima.

LO SPIRITO
Tutto nella vita del discepolo deve essere fatta sotto il forte impulso dello Spirito, senza prendere in considerazione nessun motivo umano.

PUREZZA
Sii puro come un bambino.

LEALTA'
Sii leale come Dio è leale.

LA VOCE INTERIORE

Ascolta sempre la voce della tua anima e saprai come agire.

IL LAVORO DEL DISCEPOLO

Fare tutto ciò che compiace Dio.
Questa è la regola del discepolo.

PENSIERO

Pensa a Dio e a coloro che soffrono quando sono addolorati o oppressi.
Questo pensiero ti solleverà e ti rafforzerà.

LA REGOLA

L'atteggiamento del Maestro verso il discepolo dipende dal discepolo.
Il Maestro è ben disposto verso ogni discepolo studioso.
I raggi del sole entrano nella stanza quando le finestre sono aperte.

I CORPI SPIRITUALI

Il discepolo deve sviluppare i suoi corpi spirituali per essere in costante contatto con il suo Maestro.
Il legame tra il Maestro ed il discepolo è spirituale.

VICINANZA

Il Maestro è il Maestro di tutti.
Ma il discepolo deve suscitare nel suo Maestro un Amore più grande verso di lui con azioni sincere e sacre nelle quali Dio si rende manifesto.

COMUNICAZIONE MISTICA

Io sono la Via! è la Luce che mi guida lungo questo cammino!

FEDE NELLA PREGHIERA

Essere sempre in preghiera e lasciare tutto a Dio.
Quando Dio vuole fare una cosa, Egli crea tutte le condizioni necessarie.

IL REALE

La vera Grandezza sta dietro la materia.
Il Reale, la Grandezza nella vita è invisibile.
Per questa ragione il discepolo gradualmente rinuncia a tutto cio che è transitorio e materiale.
Allora egli entra nel mondo dove regna la Luce.
In questo luogo egli comprende bene il suo Maestro e la sua vita passa in una nuova ottava superiore.
Tutto questo può avvenire subito, di colpo.
Ciò dipende dal discepolo.

PREGHIERA – PUREZZA

Più acqua sgorga dalla sorgente, più essa è pura.
Il discepolo prega spesso.
Ciò è necessario per la sua purezza.

UNA REGOLA

Il discepolo non deve essere tentato mai dalle parole del Maestro.Esse dovrebbero sempre alzarlo più in alto e nutrirlo.

UNA LEGGE
Il discepolo deve conoscere e tenere sempre a mente questa
regola: tutto nella vita lavora per Dio!

VITA
Quando un piccolo ramo ondeggia avanti e indietro sull'albero
non c'è pericolo.
Ma se si distacca dall'albero allora là esiste il pericolo.
Quando il discepolo vive per Dio, egli è come il ramo
sull'albero.

AUDACIA
Il discepolo deve essere coraggioso e risoluto.
Perciò deve camminare sul sentiero stretto.
Il sentiero stretto conduce a Dio!

FELICITA'
Essere sempre felice!
Il legame con il mondo ideale rende il discepolo felice.

FEDE, SPERANZA, AMORE
Solo chi è pronto per il sacrificio può sopportare tutto
nell'Amore.
Chi ha fede e si affida a Dio può sopportare con la Fede.
Chi ha gioia, sopporta con la Speranza.

FEDE, SPERANZA, AMORE
Se non sei felice perderai la tua Speranza.
Se non sei fedele perderai la tua Fede.
Se non sei pronto a sacrificarti non potrai realizzare l'Amore.

LE TRE REGOLE
Quando cadi, manifesta la tua Speranza
Quando Dio ti istruisce, manifesta la tua Fede.
Quando il tuo vicino cade, manifesta il tuo Amore.

LE TRE REGOLE
Quando in te affiora l'alba, manifesta la tua Speranza.
Quando il sole splende, manifesta la tua Fede.
Quando il sole raggiunge lo Zenith manifesta il tuo Amore.
La Speranza è nel mondo fisico.
La Fede è nel mondo spirituale.L'Amore è nel mondo Divino.

PIANTO
Esiste un pianto sacro.
Il pianto prende vita in un modo speciale.
Il discepolo deve cedere ad esso.
Le lascrime curano.
Lavano e purificano la coscienza umana.
Nel pianto sei confortato. Senza, tu soffri.
Esiste un pianto di compassione.
Esiste un pianto di auto sacrificio per l'umanità.
E' il pianto del Cristo.
Esiste un pianto sublime quando sei di fronte a Dio.

GIOIA
Limita i tuoi desideri terreni e assaggerai la gioia di Dio!

FEDE
La fede realizza le cose.
Il discepolo ha sempre la fede.
La fede proviene dalla super-coscienza.

VIGILANZA
Il discepolo è sempre vigile, completamente sveglio e felice di vivere.

LO SFORZO DEL DISCEPOLO
Il discepolo della Fratellanza Bianca si sforza di vedere nella sua vita la realizzazione dell'Amore Divino, della Saggezza Divina, della Verità Divina.

LUNGA VITA
La Purezza prolunga la vita.
Se il discepolo mantiene il suo corpo puro, prolunga la sua vita: se la macchia, la perde prima.

AMORE
L'amore è portatore di tutta l'abbondanza nella vita.
Nell'abbondanza tutte le insoddisfazioni svaniscono.
Il discepolo ha compreso bene l'Amore, solo quando ha riconciliato tutte le contraddizioni nella sua vita.
Altrimenti non ha compreso l'Amore.

PUREZZA DELL'AMORE
Colui che ama, giunge ad amare puramente.
L'intera vita del discepolo deve essere pura in nome dell'Amore.

PAZIENZA
La Pazienza è una grande scienza!
Le radici della Pazienza sono nel Mondo Divino.
La Pazienza nasce dall'Amore .La Pazienza proviene dalla Pace. La Pazienza è il frutto della Gioia.
Solo chi ama è paziente.
Solo l'uomo di Pace è paziente. Solo l'uomo felice è paziente.
Solo l'uomo saggio è paziente.
VEDERE IL BENE
Ogni forma passeggera è un'immagine incompleta alla quale lo Spirito Divino sta lavorando.
Il discepolo vede ovunque e in chiunque solo il bene.

LA NUOVA NASCITA
Nascere è un processo continuo.
Ogni giorno il discepolo nasce in un mondo nuovo.
Ogni giorno egli ha una conoscenza sull' Amore, una nuova conoscenza su come servire Dio.
Ogni giorno egli deve avere una nuova intuizione nel cammino inesplorato di Dio.
Ogni giorno lo Spirito visita il discepolo e gli sussurra una nuova parola.
Questa porta purezza all'interno della sua coscienza e la trasforma completamente ed eleva il suo pensiero.
Attendi la visita di Dio ogni giorno!

LIBERTA'

Quando l'anima del discepolo è risvegliata a Dio, diviene libera.

Non deve limitarsi ai desideri vani del corpo.

Nella legge del Karma, l'uomo ha molti limiti, ma nel momento in cui comincia a vivere per Dio, entra in una vita di Grazia e Amore.

Egli è già libero.

STARE E PASSARE

Cristo bussa alla porta e quando gli si apre, Egli entra ma se non gli si apre la porta Egli passa oltre e continua.

Allo stesso modo il Maestro parla ai discepoli.

Egli lavora con coloro che ascoltano e rispettano le sue parole e li aiuta.

Ma quando essi sono offesi dalle sue Parole e non lo comprendono, egli passa e continua.

UNA PROVA

Il discepolo deve essere completamente sveglio quando è nel mondo.

Incontrerà nel mondo letti di fiori.

Egli dovrà passare senza fermarsi.

Se si ferma sarà inebriato dal loro profumo e si addormenterà.

Per questo rimarrà li.

Ecco perchè la sua coscienza deve essere sempre sana e sveglia, concentrata sullo scopo e in contatto con il Maestro.

NATURA

Tutte le forme in natura sono simboli del mondo eterno e ideale.

Sono il libro in cui il discepolo legge ciò che Dio ha scritto.

Il discepolo inizia studiando la natura: i ruscelli, l'erba, i fiori, le montagne.

Lì lui cerca i metodi corretti di vita e purezza.

CUORE, MENTE, ANIMA

Il discepolo ha il cuore di un bambino.

Nella sua mente egli è adulto. Egli alimenta sempre l'alto e il nobile nella sua anima.

L'AURA

Il discepolo si circonda sempre di un'aura impenetrabile dalle influenze delle cose temporali.

Pensando a Dio il discepolo circonda la sua aura con la Luce Divina.

PUREZZA E AMORE

Il discepolo deve sempre essere puro per comprendere e ricevere amore.Quando raggiunge la purezza egli ama il mondo intero. La purezza è il suo recinto.

AMORE

L'amore è sublime! E' il grande principio che riempie e rinvigorisce sempre l'anima del discepolo.

PREGHIERA

Il discepolo deve sempre pregare per essere in contatto con il mondo invisibile e proteggere se stesso dalle insidie degli spiriti inferiori.

LUCE

Il discepolo deve sempre camminare nella Luce per non inciampare.

STUDIARE

Il discepolo deve pensare solo a questo: che deve studiare.

E non si deve considerare superiore agli altri.

Egli sa che che la conoscenza che è ancora davanti a lui è illimitata.

Egli comprende che è solo all'inizio del Grande Sentiero.

Illimitate sono le vette dell'apprendimento che egli deve ancora scalare!

Per questa ragione egli è umile. L'umiltà lo conduce nel Tempio della Saggezza.

Chi parla di se stesso non è un discepolo.

CALMA

Il discepolo deve essere calmo in tutte le circostanze; egli sa che ogni cosa è per il suo bene.

La paura appartiene al mondo animale.

LA SORGENTE

Il discepolo deve bere solo l'acqua dalla sorgente.

Preferisce rimenere assetato che bere acqua impura.

COLUI CHE HA SETE

Solo l'uomo assetato trova il ruscello nella montagna.
Solo Colui che ha sete giunge alla sorgente.
Solo il discepolo troverà il Maestro nella sua vita.
Solo il disceopolo rimarrà con il Maestro.

IL BENE

Quello che pensi ,verrà assorbito in te stesso.
Pensa spesso alla Verità, all'Amore, alla Saggezza, alla Giustizia e alle Grandi Virtù.E queste ti abiteranno.
L'acqua che sgorga dalla profondità è pura.

LA GIOIA DELL'ATTESA

Il discepolo è soddisfatto di ogni momento.
Egli ha sempre qualcosa di divino da cercare.
Questa è la sua gioia e conforto.

ESSERE INTELLIGENTE

Il discepolo deve essere molto intelligente per comprendere bene ogni cosa.
E' bene camminare su un sentiero ben illuminato dalla Luce.

AMORE

Quando il discepolo entra nel regno dell'Amore egli si sottomette ad altre leggi.
L'Amore è qualcosa di spirituale.
Nell' Amore non esiste separazione.
Nell'Amore Divino non c'è interruzione: cresce sempre.

VERSO L'AMORE, LA LUCE E LA VERITA'

Porta il tuo pensiero sempre al di sopra delle cose terrene.
Innalza i tuoi pensieri verso l'Amore, la Luce e la Verità.

SORPRESA

Nulla può sorprendere il discepolo. Egli deve restare sempre calmo. Egli sa che esiste un Progetto Divino che dirige ogni cosa. Pertanto niente può sorprenderlo.

PRUDENZA

La Prudenza è richiesta nella vita del discepolo.
Il discepolo evita ogni disputa.
La Prudenza è la figlia dell'Amore e della Giustizia.

SENSIBILITA'

Le acque del lago si increspano al soffio gentile dello zefiro.
Il discepolo deve divenire più sensibile per percepire le onde delicate che gli giungono dall'alto.

LA LUCE BIANCA

Quando il discepolo è fuso con la luce Bianca, riconosce il suo Maestro.
Il Maestro gli parla delle sfere di Luce Bianca.

LA CASA REALE

La vera casa del discepolo è all'interno della sua anima.
Non ha altra casa al di fuori di sè.

DIO
È bello servire Dio.
Ogni cosa è bella in presenza di Dio

L'AMORE DIVINO
Cosi come ci esponiamo al Sole, così dobbiamo vivere
nell'Amore Divino.

AMORE
Quando il discepolo ama Dio, egli si purifica.
Ma egli può purificarsi anche attraverso la sofferenza.
L'Amore è un potere vivente, una corrente che fluisce da Dio
costantemente, che deve attraversare la nostra anima.

AMORE
Quando il discepolo vive nell'amore, egli resolve i suoi
problemi con facilità e le contraddizioni non esistono più in
lui.

CONCENTRAZIONE
Il discepolo deve controllare i suoi pensieri e con i suoi
pensieri servire la Verità. Perciò è necessario per lui mantenere
la concentrazione nella sua mente.
Egli può pensare alla luce vivificante, all' abito bellissimo dai
sette colori che indossa e al suo discorso musicale.
Questa è la grande armionia nel mondo. Egli può pensare al
Sole Divino che porta la vita e verso il quale ogni cosa si
muove. In questo modo la coscienza dell'uomo è sintonizzata.

CONSAPEVOLEZZA DEL SUONO

Quando il discepolo è concentrato non deve cadere addormentato ma deve essere completamente sveglio.
Se si addormenta potrebbe essere trascinato via dalle correnti negative della natura dalle quali egli può districarsi con grande difficoltà.

IL SENTIERO

Il discepolo deve essere sveglio sul suo sentiero.
Questo è il sentiero del quale Dio dice: pochi sono coloro che vi camminano.

LIBERTA'

Il discepolo è libero quando niente può condurlo lontano dal suo cammino. Non vi è nulla di più potente del suo compito.

MEDITAZIONE

Il discepolo deve meditare e non scivolare in fantasticherie.
Quando medita egli è sveglio e mentalmente attivo; ma quando sogna ad occhi aperti egli si addormenta perchè iniziano a entrare le emozioni inferiori.

IL CAMMINO

Il cammino del discepolo è piacevole perchè è un Cammino d'ascesa!

STRUTTURA MORALE

Il discepolo deve essere così elevato moralmente che le sue aspirazioni stanno al di sopra ditutte le tentazioni.

Non può essere tentato dal male.

Il discepolo non deve avere solo aspirazioni morali ma una struttura morale.

ESPERIENZA

Il discepolo non deve trarre beneficio solo dalla sua propria esperienza ma anche da quella degli altri.

Cosi egli entra nel cammino dell'amore che unisce.

L'ESSENZA

L'uomo è un essere collettivo.

Egli deve sapere che porta l'immagine di Dio.

Egli deve avere un carattere fermo e definito e riconoscere l'essenza del Bene Eterno.

LA REALTA'

Non fissare la tua attenzione fuori da te finchè non sei arrivato a conoscerti.

Quando il discepolo giunge a comprendere la realtà in se stesso, comincia a comprendere la realtà che giace alla base dell'intera Creazione.

NASCITA NELLO SPIRITO

Il discepolo deve nascere nello Spirito.

Allora egli splenderà sopra le cose temporali e le contraddizioni non esisteranno più sulla terra per lui.

LA VOLONTA' DI DIO

Dobbiamo vivere in accordo alla volontà di Dio!
Essa contempla la salute di tutte le creature viventi.

DESIDERIO

Desidera ciò che si basa su una ragione superiore!
Desidera ciò che è buono per tutti!
Desidera ciò che Dio desidera!

LIBERTA', LIMITAZIONE

Il discepolo è libero.
Ecco perche egli si limita autonomamente.
Chi non limita se stesso viene limitato dalla natura.

INTUIZIONE

Non si può vedere chiaramente in un lago agitato.
Il lago calmo riflette le cime delle montagne, il cielo, il sole e
le stelle.
Il discepolo deve avere un' anima quieta e una mente ferma.
Allora arrivano le intuizioni e molte contraddizioni divengono
chiare.

CONOSCENZA

La conoscenza diviene accessible solo al saggio e all'uomo di
Fede.
Colui che crede, dovrebbe studiare, mentre colui che conosce
dovrebbe applicare.
C'è qualcosa di molto bello nella conoscenza.
Ma la conoscenza non può crescere senza fede.

NATURALEZZA
La luce entra nell'anima del discepolo come l'arrivo dell'Alba.
Il discepolo non deve aspettarsi cose miracolose.
Tutte le cose della vita accadono naturalmente al tempo stabilito.

FEDE
Credi in colui che ti istruisce! Credi in colui che ti ama!
Il discepolo deve avere fede assoluta nel suo Maestro.

DIVENTARE FORTI
Il giovane albero è esposto alle tempeste per divenire forte e svilupparsi come una quercia possente.
Il discepolo deve attraversare molti ostacoli per sviluppare la resistenza ed elevarsi al di sopra di essi.
In questo modo egli arriverà alla giusta comprensione della vita.

APPRENDIMENTO
Il mondo fisico è un luogo di apprendimento per il discepolo, non un luogo di distrazione.
Studiare rende la sua vita completa, bella e felice.
Solo lo studio riempie di contenuto la sua vita.
Solo il servizio rende la sua vita ricca di significato.
Il discepolo passa solamente nel mondo fisico: ma non si ferma in questo.

IL LIBRO SACRO
Tutto ciò che riguarda Colui che ama, ti riguarda.
Il discepolo legge instancabilmente il Libro Sacro della Natura
per scoprire il pensiero di Dio.
Dio è il suo Amato!

LA PROVA
Supponiamo che tu metta nelle mani di qualcuno una tazza alla
quale sei molto affezionato.
Ma egli la rompe e tu inizi a piangere disperato pensando che
tutto sia andato perduto.
La Natura saggia, l'Amore, ha preparato per te un'altra tazza
con un contenuto prezioso.
La delusione ti prepara ad una nuova gioia che ti attende.
Perciò avvicinati al nuovo sorprendente dono d'Amore dal
mondo della Realtà.

AMORE
Rimani vero nell'Amore a dispetto di tutte le prove!
Il discepolo deve sopportare tutto fino alla fine nell'Amore,
senza dubbi a riguardo.
 Il cammino dell'Amore è un cammino costellato da numerose
prove ed esami cui si deve sottoporre per scoprire quanto è
persistente nell'Amore.

SENSIBILITA'
Il discepolo non deve perdere la sua sensibilità.
Non dovrebbe mai permettere che le sue sensazioni divengano
ottuse.
I pensieri elevati raffinano il sistema nervoso e lo rendono più
sensibile.

AMORE E SAGGEZZA

La vita del discepolo non è una vita ordinaria.
L'Amore e la Saggezza sono presenti in ogni suo atto.
L'Amore rappresenta la fonte cristallina da cui beve, mentre la Saggezza rappresenta la cima della montagna che lui scala.

TENEREZZA

La tenerezza è una qualità necessaria per il discepolo.
Egli deve essere gentile!
La tenerezza prepara la via dell'Amore.
La tenerezza non rompe una canna ferita nè estingue il lino fumante. Porta sulla terra lo splendore del mondo angelico.

IL MONDO

Il discepolo deve essere nel mondo, ma il mondo non deve essere in lui.

LA GRANDEZZA

L'alto ideale riempie la coscienza del discepolo!
Com'e meraviglioso quando il discepolo porta qualcosa di grande nella sua anima!

VERSO LA GRANDEZZA

Com'è meraviglioso comprendere che ti stai muovendo verso Dio, per questo la tua vita diviene piena di significato e preziosa.

PUREZZA

Il diamante puro riflette la Luce perfettamente.

La purezza è una condizione per tutti i risultati.

Solo il puro può attraversare il portale della Conoscenza Suprema!

Il discepolo deve essere puro. Sempre puro!

Per lui non vi è nulla di più grande nel mondo della Purezza.

LA PROMESSA

Il discepolo deve sempre adempiere alle promesse per sviluppare costanza nel carattere.

DIO

Non aver paura! Dio è immutabile!

Concede a tutto il dovuto, generosamente.

IL VERO

La cosa più vera nella vita del discepolo dovrebbe essere la sua aspirazione per l'ideale.

LUCE

Devi avere la Luce nella tua vita!

La Luce rivela la bellezza del mondo. E' necessaria per la crescita. La Luce è cibo per la mente.

ARMONIA

Il primo compito del discepolo è instaurare l'armonia in se stesso.

L'Armonia è l'allineamento del pensiero, del sentimento e dell'azione.

È la musica interiore che riempie l'anima del discepolo.

A dispetto di tutte le contraddizione e le condizioni conflittuali egli non deve perdere la sua centratura, il suo carattere o la sua musica interiore.

INFLUENZA

Il discepolo deve evitare le influenze del mondo temporale finchè non si sente forte.

GIUSTA COMPRENSIONE

Il discepolo deve comprendere tutte le cose nel giusto modo.

Questo gli darà il giusto metodo per lavorare.

Non deve provocare sofferenze a sè stesso attraverso i fraintendimenti.

UN MOMENTO PRECISO

Quando il Maestro sta istruendo il discepolo quest'ultimo non deve chiedergli nulla, ma semplicemente ascoltare e cercare di comprenderlo correttamente.

C'è un tempo preciso in cui il Maestro darà qualcosa al discepolo.

RICOMPENSA

La gioia della sorgente consiste in questo: il momento in cui le piante che bagna danno frutti abbondanti.
Il discepolo che ha ricevuto molto dal Maestro può ricompensarlo solo con il suo grande Amore per Dio.

DIGIUNO

Il discepolo può iniziare il suo digiuno quando il suo Spirito è in stato ascendente.
Allora egli può ascendere più facilmente sopra la materia.

DUBBI

Il discepolo deve attraversare i dubbi.
È una regione che egli deve attraversare fino al al limite.
Egli si troverà in una lunga e fredda notte polare.
Ma deve conoscere la legge: è necessario attraversarla per uscire di nuovo nel giorno luminoso.
Egli dovrebbe rimanere fermo attraverso tutte le prove.
Quando questo periodo oscuro sarà passato, arriverà l'intuizione, il giorno luminoso della sua Iniziazione.

DUBBIO

Il dubbio è un problema per il discepolo che deve risolvere correttamnte

DUBBIO

La prima prova a cui il discepolo sottopone se stesso è il dubbio. Per questa ragione egli deve attraversare da solo la notte del dubbio e sconfiggerla.

IL MONDO DELL'AMORE
Quando vivi nell'Amore, tu credi, e tutto è splendente per te.
Con questo tu saprai di essere nel mondo dell'Amore.
Lì non esiste dubbio.
Non appena cominci a dubitare questo ti dimostra che l'Amore
è assente.

DISAGIO
Appena il discepolo intraprende definitivamente il Cammino,
compariranno grandi difficoltà che lo faranno inciampare.
Egli non deve preoccuparsi perchè non sono importanti per lui.
Deve sempre andare avanti!

RICONCILIAZIONE
Essere riconciliati a Dio significa accettare il suo Amore.

IL METODO DI DIO
Amare Dio è utilizzare tutti i metodi che Egli impiega.

DIO
Comprendere Dio significa fare uso della Luce Divina.

CONOSCERE DIO
Puoi conoscere Dio solo quando Lo ami.
Puoi conoscere Dio solo quando divieni cosciente del suo
Amore.

DIVINO
Vivere in accordo con Dio significa applicare alla giustizia la
Giustizia divina e questa gustizia riguarda ciscuno nella stessa
misura.

LA MISURA
Il Maestro darà a ciascuno tanto quanto la Giustizia Divina ha
stabilito per lui.
A nessuno sarà dato meno, ma il Maestro è libero di dare di
più a qualcuno.

L'ANIMA
Il discepolo deve amare le anime degli uomini, quindi non
deve odiare nessuno.
L'anima a lui affine che ama e quella che non ama sono amate
in alto modo uguale.
Ma tu, secondo la tua carne, le hai discriminate.
Questo è un peccato.

RENDER CONTO
Il discepolo non è tenuto a render conto agli uomini delle sue
azioni.
Prima di agire in un senso o nell'altro, dovrebbe prendere in
considerazione le leggi e le regole Divine.

MORALITA'
Prima di tutto il discepolo si concenta su come è il suo lavoro
di fronte a Dio, e non di fronte alla gente e all'opinione
pubblica.
Questa è la vera moralità nella sua vita.

MORALITA'
La moralità: questa è l'Amore del discepolo per Dio.
Non esiste altra moralità.

CON AMORE
Il discepolo deve fare tutto con Amore, solo così egli può fare
tutto facilmente.
Se l'Amore è assente, egli incontrerà molte contraddizioni sul
suo cammino e prima di tutto il dubbio.

IL MONDO DELL'AMORE
Il mondo dell'amore è un mondo di grande realizzazione.
Ogni cosa fatta senza amore è sterile.
Ogni cosa fatta senza Amore è un crimine.

IL REGNO DELLA PACE
Trova il luogo e il significato interiore di ogni cosa che accade
nella vita.
In questo modo troverai il tuo equilibrio attraverso tutte le
bufere della vita.
Ciò è necessario, se vuoi entrare nel Regno della Pace.

BENEDIZIONE
Quando la Divina benedizione non può riversarsi sopra il
discepolo, la causa non è in Dio ma nel discepolo.
Dio ha predisposto una benedizione per ciascuno.

PIANTO
Il discepolo dovrebbe piangere quando nessuno lo sta guardando.
Questo pianto è una benedizione.
Egli può piangere davanti agli altri per le umane vicende, ma quando piange per qualcosa di Divino, egli dovrebbe piangere da solo.

CIELO
Il discepolo vive sulla terra ma pensa al cielo.
Egli lavora per la realizzazione delle leggi Divine in terra.

PAZIENZA
Sopporta tutto per Amore fino a che non realizzi l'Amore.
Quando arriverà l'Amore, riceverai la pazienza.

AMORE
Solo l'Amore insegna l'obbedienza.
La nuova obbedienza è l'obbedienza per Amore!
"Chi mi ama osserverà i miei comandamenti".
Questo è possibile solo con l'Amore, e allora arriva il dono:
"E io dimorerò in te, fino alla fine del mondo".

OBBEDIENZA E APPRENDIMENTO
Quando il discepolo riceve l'Amore del suo Maestro, è obbediente, perchè l'Amore si radichi in lui.
Ma egli impara affinche l'Amore possa crescere in lui.

LE MANI

Le mani sono state create per lavorare!
Quando il dicepolo le guarda, loro dicono: "Siamo state create per lavorare!"
Il discepolo non deve essere indolente.

LE UNGHIE

Il discepolo non dovrebbe aver macchie bianche sulle unghie delle dita.
Sono il risultato di un disturbo potente e fastidioso.
Egli deve essere sempre calmo.
Non dovrebbero esistere sorprese per lui.

IL BENE

Il discepolo va al Bene con i propri piedi.
Egli fa il Bene con le sue mani e dice il Bene con le sue labbra.
Tre mondi partecipano nel Bene: il mondo fisico, il mondo angelico e il mondo Divino.

LA TESTA

La testa del discepolo dovrebbe sempre essere eretta, non inclinata. Quando è piegata può ricevere pensieri negativi e stati d'animo negativi, ma quando è eretta il discepolo entra in contatto con le energie solari e la positività della vita.

LO SGUARDO

Lo sguardo dovrebbe essere dolce e puro, concentrato e sempre in contatto con qualche pensiero Divino.

LO SGUARDO

Lo sguardo del discepolo è tale da non disturbare l'amonia negli altri.

SALUTO

Il miglior saluto è quello con gli occhi.
E' il più puro e Dio lo accetta.
L'Amore è qualcosa di spirituale e Divino.
Trova espressione nel mondo fisico attraverso gli occhi.

MOVIMENTI

Tutti i movimenti del discepolo devono essere volontari e coscienti.
Il discepolo non dovrebbe compiere movimenti in modo involontario perchè tali movimenti sono sotto l'influenza di spiriti indolenti.

POSTURA ERETTA

Il discepolo deve avere sempre una postura eretta, ciò mantiene desta la sua coscienza a predispone il suo Spirito al lavoro.

UNA REGOLA

Dopo esser stato con il suo Maestro, il discepolo va direttamente a casa senza fermarsi in nessun posto lungo la strada.

CIBO

La frutta è il cibo ideale.
Il discepolo dovrebbe mangiare principalmente frutta.
Questa pulisce il suo corpo e anche i suoi sentimenti e i suoi pensieri.

CIBO

Mentre mangia il discepolo dovrebbe essere colmo di gratitudine e Amore.

DORMIRE

E' buona regola per il discepolo restare sveglio fino alle 10.00 la sera e quindi andare a dormire.

DORMIRE

Prima di andare a letto, il discepolo rielabora mentalmente tutte le contraddizioni della giornata, ristabilendo la calma e, come un neonato, si addormenta velocemente.

MALATTIA

Il discepolo non dovrebbe essere ammalato.
Egli dovrebbe guardare alla malattia come ad un effetto educativo con cui la natura equilibria le forze dell'organismo.
L'Amore esclude tutte le malattie.
L'Amore è portatore di abbondante vita.
La persona malata, toccata dall'Amore divino, guarisce all'istante.

LA MEDICINA OCCULTA

Il discepolo deve conoscere la medicina della natura.

Cibo, acqua, aria e luce sono elementi curativi.

I raggi solari, assorbiti con Amore, sono quanto di più benefico per il corpo.

Essi agiscono dolcemente nell'anima e gradevolmente nello Spirito.

Il discepolo può curarsi da solo elevando i suoi pensieri e sentimenti allo Spirito.

Egli guarisce anche attraverso la preghiera e, in alcuni casi, anche con la preghiera e il digiuno.

SANGUE PURO

Il discepolo deve avere il sangue puro.

I pensieri puri e i desideri puri mantengono la purezza del sangue.

ABITI

Il discepolo pone attenzione ai suoi abiti perchè essi sono impregnati della sua aura.

Se cadono in mani improprie, egli soffrirà senza sapere da dove proviene la sua sofferenza.

ABITI

Gli abiti del discepolo devono essere comodi e confortevoli.

Non gli abiti, ma il volto deve risaltare e ancora, non il volto, ma l'anima.

CALORE

Le mani del discepolo devono sempre avere una una temperature moderata. Esse devono essere calde.
Le mano troppo fredde indicano una mente oppressa.
E' necessaria una maggior luce del sole.
Il calore porta il benessere dello Spirito.

DENARO

Il discepolo dovrebbe seguire la seguente regola nelle relazioni: essere al servizio ma non per denaro.
Il denaro può rovinare l'uomo. Contiene un'altra immagine, mentre il servizio porta l'immagine dell'Amore. Attraverso il servizio l'uomo riceve e dona l'immagine dell'Amore.
L'amicizia sarà la moneta di scambio nel futuro!
L'Amore sarà la moneta di scambio nel futuro!

DENARO

Il discepolo non deve essere al servizio per denaro, questo è contrario a ogni regola nella scuola occulta.
Egli deve essere al servizio solo per Amore.

DUE REGOLE

I. (Verso se stessi)
Il discepolo non dovrebbe mai chiedere denaro in caso di necessità. Egli dovrebbe guadagnare il denaro di cui necessita.
II.(Verso gli altri)
Il discepolo non dovrebbe mai dare denaro per aiutare. Egli dovrebbe affidare un lavoro alla persona in difficoltà e quindi, invece di pagare un dollaro, dovrebbe pagarla quattro dollari
In questo modo la persona bisognosa sarà libera, poichè ha aiutato se stessa attraverso il lavoro.

LA STRADA

Quando il discepolo cammina per strada, deve essere concentrato e in preghiera per evitare guai inutili.

INTUIZIONE

Il discepolo deve ascoltare la sua intuizione e accogliere il primo pensiero che gli arriva.

Questo lo condurrà su una strada libera dai ladri.

INTUIZIONE

Il discepolo deve conoscere la natura delle persone.

La prima impressione su di loro è la più vera, ed egli vi deve dare ascolto. La seconda e la terza impressione sono commenti.

AMICIZIA

Il discepolo dovrebbe accompagnarsi con persone buone e spititi buoni.

Generalmente deve avere a che fare con il Bene.

Gli Spiriti malvagi sono quelli che tentano il discepolo.

Non deve aver niente a che fare con loro.

Quando il discepolo possiede luce interiore, gli spiriti malvagi non possono avvicinarsi a lui.

Il pensiero di Dio è la sua protezione.

COMPAGNIA

Il discepolo deve accompaganrsi con persone più avanzate di lui per imparare da loro.

Egli dovrebbe inoltre accompagnarsi a coloro del suo stesso livello per essere incoraggiato e essere reso zelante nel lavoro.

Dovrebbe anche scendere per aiutare coloro che sono ad un livello inferiore.

Se egli dà supporto alle persone di un livello inferior al suo, verrà sostenuto da Entità di un livello più alto.

TRASFORMAZIONE

Il discepolo deve pensare solo il Bene!

Ogni pensiero malvagio è come una spina psichica che egli deve trovare ed estrarre.

In questo modo egli trasformerà l'energia malvagia e la userà per il Bene.

LA NUOVA VIA

Chi indossa nuovi abiti non desidera tornare ai vecchi.

Il discepolo, una volta che ha intrapreso il Sentiero Divino, deve abbandonare le strade del mondo.

L'AMBIENTE DEL DISCEPOLO

Vivi e muoviti sempre nell'Amore!

CON DIO

Ogni organo ha un significato finchè è collegato all'organismo.

Tu vivi bene solo quando sei in contatto con Dio.

PROTEZIONE SPIRITUALE

Non è possibile aver successo in ogni lavoro se non si ha la cooperazione del mondo invisibile.
Il discepolo incontrerà difficoltà vivendo sulla terra se non ha una protezione spirituale.
Per questo egli deve essere in contatto con Dio.

SOFFERENZA

Il discepolo deve affrontare la sofferenza con gioia perchè ha qualcosa di buono da imparare da essa.
Se comprendela sofferenza, resterà giovane.
L'umanità attraversa la regione della sofferenza solo durante una delle fasi del suo sviluppo.
La sofferenza prepara il sistema nervoso a sopportare la nuova Luce che verrà.

INDIPENDENZA

Il discepolo non deve avere legami con niente di materiale.
Più diffcile è per lui separarsi dalle cose materiali, maggiori saranno le sofferenze che dovrà affrontare.
Egli è sulla terra solo per studiare, ma vive in un'altro mondo.

BEATUDINE

Chi vive solo per se stesso è sempre limitato.
Il momento in cui l'idea di servire Dio illumina la sua mente, tutte le limitazioni svaniscono ed egli è libero.
E' una benedizione per divenire libero dalle limitazioni del mondo.

IL POTERE DELL'ANIMA
L'anima può manifestare il suo potere quando non è legata alla materia.
E' potente quando penetra nella materia senza esservi legata.
Il discepolo dovrebbe solo guardare attraverso la materia, non viverci dentro.

POTERI INTELLIGENTI
Tutto ciò che accade è permesso dal Cielo.
Tutto ciò che ti accade verrà trasformato in bene dalle Potenze Intelligenti che dirigono l'evoluzione.
Questa idea riempie il discepolo di gioia, anche quando egli si trova nei grandi conflitti della vita.

IL PIANO DI DIO
Non dimenticare che nel grande Piano di Dio, tutti i conflitti alla fine saranno riconciliati.

POTERE
La forza del discepolo viene dall'alto.
Concentrarsi sulla Verità Divina aumenta la forza.
L'uomo diviene un accumulatore.
Più il discepolo resta concentrato,tanta più forza spirituale riceverà.

VERO AIUTO
Il discepolo deve essere il grado di mettersi al posto di ogni anima se desidera comprenderla e aiutarla.
Quando comprendi un'anima, tu la ami.

IL CIELO BLU

Il colore blu agisce sull'anima e suscita nel discepolo sentimenti sublimi.

Quando si sente scoraggiato, deve guardare il cielo azzurro e diverrà calmo.

Una pace profonda, gioia e leggerezza prenderanno possesso della sua anima ed egli riprenderà il suo lavoro rinvigorito.

IL CIELO STELLATO

Quando il discepolo sente che la vita è vuota e senza senso, deve guardare il cielo stellato di notte e verrà ispirato dalle sua grandezza.

IL PICCOLO INSETTO

Quando il discepolo si sente molto scoraggiato e inutile sulla terra, fatelo osservare i piccoli insetti sotto i suoi piedi che restano vivi anche dopo essere stati calpestati.

Fatelo osservare attraverso il microscopio come si muovono, volano, a volte si fermano e forse pensano!

Egli vedrà come si manifesta la razionalità e anche la necessità della loro esistenza nel creato.

Di fronte a questi piccoli insetti egli si vergognerà della sua mancanza di volontà e sarà sopraffatto da un forte desiderio di dare significato anche alla sua esistenza.

Alla stesso modo egli dovrebbe manifestare il Sublime nella Creazione!

APPLICAZIONE
Il Divino deve sempre essere messo alla prova e applicato.
Quando qualcuno salva una persona dall'annegare, entrambi attraversano una esperienza intensa.
Uno prova una cosa, mentre l'altro una'altra.
Entrambi devono ringraziare Dio!

GRATITUDINE
Il discepolo deve ringraziare Dio dal mattino fino alla sera per tutto ciò che vede intorno.
Allora i flussi dell'Amore scorreranno attraverso la sua anima.

PREGHIERA
Il discepolo deve pregare per essere forte e fuggire alle tentazioni." E non indurci in tentazione".

INTERPRETAZIONE
"E non indurci in tentazione"
Questo significa: Signore, dona a noi la conoscenza e la saggezza affinchè non cadiamo nelle tentazioni a causa della nostra ignoranza.

PENSIERI LUMINOSI
Quando il discepolo libera la sua mente dai pensieri grossolani sulla vita materiale, la sua mente si riempie con pensieri luminosi sulla Grandezza e il Sublime della vita.
Allora egli può lavorare.

L'ALTRO MONDO
Il discepolo deve preparare se stesso per la dipartita cosciente da questo mondo.
L'altro mondo è la scuola dove egli continuerà a studiare.
Questo mondo e l'altro sono un solo mondo.

LA LUCE BIANCA
Quando il discepolo riflette sul Bene, una dolce luce bianca, un'Essere vivente, appare nella sua mente.
Egli può conversare con questo Essere e imparare molte cose.

IL MAESTRO
Il Maestro ha un modo speciale di parlare ad ogni discepolo.
La fonte dona acqua a ciascuno in modo diverso.
Per questo il Maestro è uno per tutti, come la fonte è una, ma da essa molti possono bere senza ostacolarsi l'un l'altro.
Quando molti bevono da una caraffa allora sorgono litigi, conflitti e problemi.

IL FUOCO DELLO SPIRITO
Mantieni sempre vivo in te il Fuoco dello Spirito.
Il discepolo deve sempre avere impressa sul suo volto l'immagine del Bene.

IL VOLTO
Quando il discepolo vive in accordo con la volontà di Dio, il suo volto assume un'altra espressione.

TENEREZZA
Quando quando pensi alle qualità di Dio, loro fluiscono in te.
Per divenire tenero e grato, pensa a quanto Dio è
accondiscendente e gentile!

PERDONO
Perdona sempre per amore di Dio!
Il perdono non nasce dall'uomo.
Esso viene da Dio! Puoi lottare dentro se perdonare o meno,
ma dovresti essere sempre vittorioso nei conflitti.
Il primo passo con il quale il discepolo entra nella vita
spirituale è il perdono.
Perdona per amore di Dio!

LE COSE ESSENZIALI DELLA VITA
Sii al servizio e studia!
Il discepolo deve liberare se stesso dalle cose inutili che
distraggono la sua attenzione senza essergli di beneficio.
Egli si occupa solo delle cose essenziali della vita.
Lo attende un lungo cammino di studio e lavoro

APPLICAZIONE
Il discepolo deve applicare nella vita ciò che conosce!
Tu conosci solo ciò che hai applicato e sperimentato.
E tu assolverai solo a questa conoscenza, sempre.

IMPETO INTERIORE
Il discepolo deve avere slancio interiore per lavorare per Dio.
Deve vivere prevalentemente dentro sè. Egli partecipa fuori,
alla vita costruttiva, ma il suo slancio viene da dentro.

RESPONSABILITA'
Il discepolo non può giustificare se stesso se non fa ciò che sa.
La legge dice: senza Amore peccherai. Con l'amore rimedierai
ai tuoi errori.

LE LEGGI SCRITTE
Le leggi e le regole del discepolo sono scritte dentro di lui.
Egli non ha regole scritte fuori di se stesso.

SOFFERENZA
Il discepolo deve abituarsi alla sofferenza per ottenere un
carattere che resista alla morte.
Sperimenta mentalmente le sofferenze del Cristo e diverrai
forte attraverso queste.
Durante i momenti di sofferenza il discepolo vive nella gioia
profonda dentro di se, perchè ama e sa che esiste l'Unico che
lo ama.
Nessuno può resistere alla sofferenza senza Amore!

CARATTERE
Essere innocente ed essere considerato colpevole dal mondo,
fino alla fine dei tuoi giorni senza cercare di giustificarti,
questo è carattere.
Il discepolo non deve giustificarsi, ma lasciare lo faccia il suo
Maestro, se ritiene che questo sia la cosa migliore.

LA SOFFERENZA DEL DISCEPOLO

Il giudice più severo è dentro l'uomo stesso.

La piu grande sofferenza che il discepolo può sperimentare è quando egli diviene cosciente che non ha fatto ciò che Dio gli ha detto.

SOFFERENZE

Quando sopporterai fino in fondo la sofferenza nel modo giusto, ascenderai ad un livello più alto in modo che tu possa continuare sul Cammino Eterno.

IL FUOCO DIVINO

Il discepolo non potrà muovere un passo nella Scuola Divina se è avido.

Tutte le anime dovranno attraversare il Fuoco Divino per essere purificate da tutte le avidità e le avarizie! Allora diverranno radiose!

A DIO

Attraverso la preghiera e la fede il discepolo deve affidare la sua intera vita a Dio.

Ciò non esclude l'attività e l'iniziativa nella sua vita .

L'AMORE DI DIO

Tutto esiste attraverso l'Amore di Dio!

SILENZIO E PAROLA
Ci sono tre tipi di silenzio e tre tipi di parole:
Quando l'uomo affamato mangia, tace.
Quando il discepolo non conosce la sua lezione, tace.
Il Maestro che molto sa, è silenzioso.
Quando un uomo è molto affamato, parla molto.
Il discepolo che sa molto, parla molto.
Il Maestro che sa poco, parla molto.
Il discepolo deve sapere quando è meglio tacere e quando parlare.

PRONTEZZA
Il discepolo deve immaginare nella sua mente le situazioni negative per valutare se può sopportarle.
Queste situazioni potrebbero non accadere mai, ma egli deve essere preparato per qualsisi evenienza.
Non ci devono essere sorprese per lui.

AMORE
Il tuo Amore sarà sottoposto a molte prove per essere testato.
L'Amore del discepolo deve essere talmente grande da sopravvivere a tutte le situazioni che si si presentano.
Solo l'Amore può sopportare le situazioni più conflittuali nella vita.

PACE
La Pace viene da Dio!
La cosa più grande nell'anima del discepolo è la sua pace.
La pace è benedetta da Dio! "Ti lascio la mia Pace".

PUREZZA E LUCE

La Purezza deve essere emanata dal discepolo come la Luce.

INIZIAZIONE

L'iniziazione inizia con la sofferenza.
Il discepolo non deve fuggire dalla sofferenza, ma resistervi.

ACQUA E FUOCO

Il discepolo deve attraversare il fuoco e l'acqua!
Attraverso l'acqua per essere purificato e attraverso il fuoco per divenire radioso!

LA MENTE

Sii saggio!
Prima di ogni azione considera le condizioni e le conseguenze.

PRIMA DELLA PROVA

Sii calmo e tranquillo. Tutto andrà bene!

TRE STATI

Ci sono tre stati nella vita dell'uomo:
Uno stato fisico dove tutto è inquieto; uno stato spirituale dove esiste l'aspirazione verso l'ideale, e uno stato Divino dove regna la pace assoluta!
Il discepolo deve attraversare il primo stato.

IL DISCEPOLO
Non esiste nulla di più bello per l'uomo che essere un discepolo!

AIUTO
Il Maestro può aiutare il suo discepolo solo quando nota in lui un travolgente desiderio per il mondo Spirituale.

FEDE
Esercita la fede.
La mente ondeggia senza fede.
Devi custodire una fede potente nel tuo interno!
Le radici della fede sono nel passato e nella lunga esperienza dell'essere umano.

UNA MASSIMA
Posso fare tutto attraverso Dio, che dimora in me.
L'aiuto non verrà da fuori, ma dal mio interno.

LA TEMPESTA
Quando il cielo si fa nuvoloso e minaccioso, i piccoli fiori sono felici perchè hanno bisogno d'acqua.
L'uomo invece ha paura perchè non possiede la fede dei piccoli fiori.
Il discepolo non deve temere il temporale, perchè esso è necessario, egli dovrebbe piuttosto vederne l'aspetto buono.

LUCE

Il dispiacere arriva di notte, e la gioia al mattino.
Quando il discepolo soffre, la notte è in lui, ma quando gioisce
è mattina.Le influenze dell'oscurità causano il dolore, mentre
quelle della Luce, la gioia. Quando la notte è in lui, pensi a
Dio, perchè in Dio è sempre giorno.

IL DIVINO

Il discepolo deve prima di tutto trovare il Divino all'interno di
sè.
Allora sarà in grado di riconoscere e comprendere il Divino in
tutti gli altri.

SE' STESSO

Il discepolo deve studiare la vita sociale partendo da dentro di
sè. Se conosci te stesso, conosci anche la società!

IL BATTESIMO

Il battesimo è un'atto dello Spirito. È una realtà interiore.

CON DIO

Non vi è paura nell'Amore.
Il discepolo non deve temere le persone perchè egli vive con
Dio.

LA CHIESA

La Chiesa del discepolo deve essere dentro lui.
"Tu sei il tempio di Dio e lo Spirito di Dio ti abita"

POTENZA E LUCE

Solo dopo aver attraversato il laboratorio alchemico della natura, il discepolo diverrà forte.

E dopo avere essere passato attraverso le sue fornaci, egli comincerà a irradiare la Luce.

Egli diverrà Luce.

L'ANIMA

Il discepolo considera se stesso come qualcosa di separato dal corpo, per non essere tentato dalle forme.

APPRENDIMENTO

Il discepolo ha due modi per apprendere sia che egli sia istruito dagli altri o che egli istruisca se stesso.

In entrambi i casi egli crea le condizioni per essere istruito oppure gli altri creano le condizioni per la sua stessa istruzione.

Il processo di apprendimento è difficile, ma piacevole.

L'INIZIO

È meglio per il discepolo iniziare con le difficoltà piuttosto che con i benefici. Perciò egli dovrà divenire forte fin dall'inizio.

ACQUISIZIONE

In ogni vita il discepolo deve acquisire qualcosa.

Deve prestare ascolto al suo Spirito.

Non vi è nulla di meglio dell'esperienza che lo Spirito della Saggezza può donare all'uomo.

FONDAMENTA
Il discepolo deve cercare di porre solide basi nella sua anima
per comprendere la vita correttamente.
Il discepolo deve avere fiducia in se stesso nella vita per avere
le fondamenta sulle quali costruire.
Solo colui che è stato toccata dall'onda dell'Amore possiede
questa sicurezza.

PER DIO
La prima cosa importante da sapere per il discepolo è che Dio
è eterna armonia.
Quando senti dentro l'armonia, Dio ti ha fatto visita.
Questi sono momenti epocali nella tua vita!

ASPIRAZIONE
Aspirare a Dio e alla Verità è il grande compito del discepolo.

ANIMA E MENTE
Lascia che la tua anima sia azzurra e la tua mente risplenda di
Luce.

CORREZIONE
Se il discepolo vuole fare qualcosa per qualcun altro, prima si
deve mettere al posto di quella persona.
Se riscontra che sia cosa buona, allora potrà fare.
In questo modo egli si corregge.

L'INTERO PARADISO

Se il discepolo conduce la sua vita completamente in accordo con i principi Divini, il cielo intero collaborerà con lui. Quando un uomo lavora per Dio, per gli altri, il Cielo è con lui.

UNA MASSIMA

Tutto partecipa al bene di colui che cammina in accordo con la Legge di Dio.

PREGHIERA

Solo la preghiera indicherà il modo giusto per pagare più facilmente i tuoi debiti carmici.

Durante la preghiera tu devi sperimentare uno stato Divino. La preghiera è similmente il modo con il quale il discepolo impara qual'è la volontà di Dio.

LA NATURA

Il discepolo deve fare coscientemente attenzione a non infrangere nessuna legge della natura.

Esse sono espressioni della Saggezza Suprema!

COSCIENZA

Nel discepolo devrebbe esserci la coscienza di adempiere sempre al Divino!

Egli dovrebbe sempre creare lo spazio per il Divino dentro di se.

ENERGIE

Il discepolo dovrebbe sempre dirigere le sue energie verso l'alto i pensieri e in attività sublimi.

Allora evolveranno i suoi centri superiori.

Quando le energie rimangono ad un livello basso, divengono stagnanti, distruttive e causa di esplosioni.

PENSIERI

Innalza sempre I tuoi pensieri verso il Divino.

Così il tuo corpo spirituale diverrà organizzato.

IL DIVINO

Il Divino deve essere manifestato nella vita del discepolo.

Lì è la pienezza della vita.

VERITA' SUL LAVORO

Il più grande bene che Dio ha donato all'uomo è la vita.

Ma la più profonda gratitudine dell'uomo per la sua vita è il lavoro.

La delicatezza è un frutto dell'apprezzamento del lavoro degli altri. Chi è rispettoso, pensa.

Più uno presta attenzione al lavoro degli altri, più il mondo invisibile presterà attenzione al suo lavoro.

Lavora solo chi lavora per Amore. Chi lavora, ama.

E chi rispetta il lavoro degli altri, lavora egli stesso.

Chi comprende, vive.

Ridere talvolta dimostra che tu non hai comprensione.

E' una deviazione temporanea.

Chi ha capito, pensa! Chi ha capito, lavora.

"Mio Padre lavora e io lavoro".

RICOMPENSA

Quando il discepolo aspira a Dio senza dubbi, il Maestro non si rammarica di niente di ciò che ha fatto e donato al discepolo.

VICINANZA

Esistono legami fisici, mentali, spirituali e Divini.
La reale vicinanza delle anime è costruita sul loro legame Divino. Sono gli unici legami, duraturi, immutabili e in costante crescita.

IMBOSCATE

Il discepolo deve essere molto penetrante, lucido e vigile.
Ci sono spiriti inferiori che escogitano imboscate inaspettate e il discepolo può mettersi nei guai.
Per esempio, attraversi un ponte, vedi un parapetto lungo il suo lato e ti appoggi.
Ma è fatto di legno marcio e tu cadi nel fiume con esso.

VERSO LO SPIRITUALE

Il discepolo deve sempre spiritualizzare la materia.
Se si ferma sul piano materiale, sperimenterà grandi conflitti nella sua vita. Dal mondo fisico a quello spirituale!

DIO

Possiamo trovare Dio molto facilmente dentro di noi.
Quando il discepolo ha trovato Dio all'interno di se stesso, è in grado di trovarLo ovunque al di fuori.

IL MATERALE

Tutto è transitorio sulla terra.

Il discepolo non deve desiderare nulla di terreno.

Egli usa il sillabario e la lavagna quando è in prima elementare, ma in seguito egli progredisce lasciandoli da parte per altri.

Non è necessario portare il sillabario e la lavagna all'università.

PAROLE SACRE

Mi conosci? Non avere paura!

DIO

La nostra vita è completa, ricca di signficato e gioiosa, finchè troviamo Dio dentro noi.

Fuori da Dio ci sono solo disgrazie e sofferenze.

DIO

La nostra vita è solo in Dio!

EVOLUZIONE

Osserva come la tua evoluzione avviene naturalmente.

Il pensiero deve crescere ma non deve diventare troppo maturo.

I tuoi pensieri devono evolvere e crescere senza cambiare.

AZIONE

Il Maestro non può parlare in tutte le circostanze.
Ci sono casi in cui deve agire immediatamente.
Quando il discepolo tiene in mano una bomba, che potrà esplodere nel giro di un minuto, il Maestro non ha tempo per spiegare che esiste un pericolo, ma Egli prenderà la bomba e la getterà lontano nello spazio!
Il discepolo capirà dopo, udendo il fragore dell'esplosione.
E ringrazierà il Maestro per non avergli detto nulla in quel pericolossisimo momento.

SOLITUDINE MISTICA

C'è una solitudine mistica nell'uomo quando si unisce a Dio.
Questa è per colui che capisce!
Esiste una regione sacra nell'anima, che è inviolabile.
A nessuno è permesso di entrare.
E'un luogo sacro predestinato solo a Dio.

SOLO

I discepoli possono vivere soli nella loro vita interiore, solo se vivono nella purezza.

L'APE

Le api succhiano il polline dai fiori; l'uomo raccoglie i fiori, li annusa e li getta via mentre il bue li calpesta.
Il discepolo deve applicare il metodo dell'ape.

LA LUCE

Il discepolo deve amare la Luce!
Il Maestro gli darà la Grandezza attraverso la Luce!

PURIFICAZIONE

Ogni sera il discepolo deve purificare se stesso, psichicamente indirizzando la sua mente al grande Amore e rielaborando ogni cosa ha fatto durante la giornata attraverso questo Amore.

LUCE

Il discepolo deve sforzarsi di raggiungere quella luce in cui quale sarà in grado di distinguere il vero Amore.

L'Amore rivela se stesso nel tempo della piu grande sofferenza.

BUONE AZIONI

Dio compie le sue buone azioni in modo tale che sembrino arrivate naturalmente nella vita!

Ma il discepolo dovrebbe riconoscere che è l'azione di Dio, di quel Saggio Potere nell'universo che aiuta tutti rimanendo celato e dovrebbe ringraziare incessantemente Dio nella sua anima.

Il Maestro fa la stessa cosa.

UNA MASSIMA

Possa il Dio dell'Amore essere Benedetto nella nostra anima!

UNA DOMANDA

Cos'è meglio: ricevere una cosa in regalo o riceverla meritatamente?

La ricchezza che ti è stata regalata o quella che ti sei guadagnato?

PUREZZA- ODORE DEGLI ANGELI

Il discepolo dovrebbe essere cosi puro da avere l'odore degli angeli.

E questa fragranza non dovrebbe cambiare, ma attraverso tutta l'eternità divenire sempre più forte e intensa come un fiore nel giardino di Dio.

SOFFERENZA

Non dovresti essere passivo verso la sofferenza.

Quando la sofferenza arriva, accetala calmo e tranquillamente.

In questo modo la tua situazione diverrà chiara e tu trarrai beneficio dalla tua sofferenza.

Allo stesso tempo dovresti cercare attivamente di affrontarla saggiamente.

Finchè dura non perdere la tua centratura e la pace interiore. Abbi un atteggiamento ragionevole nei suoi confronti e comprendi il suo significato profondo e lo scopo.

Così trasformerai la tua sofferenza in armonia.

AMORE

Quando il discepolo ama Dio, egli sopporterà leggermente la sofferenza.

STABILITA'

Poichè tutto è temporaneo e transitorio sulla terra, il discepolo deve restare saldo su qualcosa di permanente. Egli è forte quado ha un'idea di base che è immutabile attraverso tutte le condizioni della vita.

APPLICAZIONE PRATICA

L'unica cosa che il discepolo dovrebbe sapere è lo scopo Divino nella sua vita.

Egli deve sapere cosa significa scegliere e come impiegarla.

Quando l'anima venne creata da Dio, Egli scrisse qualcosa in essa.

E quando l'anima leggerà ciò che è scritto, troverà lo scopo della sua vita.

L'AMORE

Il discepolo deve fare una discriminazione nei confronti dell'amore.

L'amore può essere fisico- meccanico, spirituale o Divino.

Le energie, nella loro trasformazione, attraversano questi tre stadi.

Il discepolo deve vivere nell'amore spirituale e Divino.

L'amore fisico è soggetto a grandi cambiamenti; nell'amore spirituale non ci sono cambiamenti essenziali, mentre l'Amore Divino non cambia mai per crescere per sempre!

AMORE

Tutte le distrazione devono essere evitate nell'Amore. L'attenzione non deve mai vacillare.La mente è necessaria nell'Amore.

AMORE

L'Amore è qualcosa di divino!

Il discepolo deve manifestare l'Amore liberamente.

Ci sono due estremi nell'amore: timidezza e sfrontatezza.

Entrambe derivano da una errata comprensione dell'Amore.

Ma la timidezza è preferibile ai due.

AMORE

Ogni forma deve svanire nell'Amore; solo l'essenza delle cose deve rimanere.

Se il discepolo cerca la forma in Amore, cadrà.

Ogni forma deve svanire nell'amore!

SECONDO DIO

Il discepolo deve pregare per il supporto del mondo Divino e cercare di risolvere tutto secondo Dio.

Tutto viene completamente risolto nel mondo Divino; le cose sono risolte a metà nel mondo spirituale, e non risolte affatto nel mondo fisico.

Per arrivare alla soluzione Divina dei suoi problemi, il discepolo deve essere assolutamente puro, il che significa che non dove avere legami karmici ed essere completamente libero.

INIZIAZIONE

Per testare l'Amore del discepolo, egli sarà sottoposto a una serie di prove, tentazioni, dubbi e delusioni.Se sopporterà tutto nell'Amore, senza cedere alla tentazione, verrà iniziato.

AMORE

L'Amore è un grande mondo interiore, che dà significato alla vita.

Dona all'uomo, nel profondo della sua anima, uno slancio verso Dio.

Questo è per coloro i quali capiscono!

Allora l'uomo può vivere da solo, con Amore, e dove Amore è, tutte le cose sono.

DUE POSTI

Il discepolo non può essere in due posti: nel mondo e a scuola.
Egli può andare nel mondo per essere esaminato, ma è sempre a scuola.
Egli lavora nel mondo e non rompe i suoi legami con esso, ma ovunque è un discepolo.

INCONTRARE IL MAESTRO

Quando il discepolo vuole incontrare il suo Maestro, egli si prepara nella sua coscienza, non deve avere legami con il transitorio della vita e deve essere in uno stato di preghiera.
Egli prega che Dio lo aiuti a ricevere e capire i pensieri del suo Maestro correttamente, per essere aiutato da loro e per applicarli nella vita nel modo migliore.

IL COLORE BLU

Il discepolo deve usare il colore blu affinchè le sue vibrazioni possano divenire più spirituali, più veloci e più raffinate.
Egli deve avere vibrazioni più delicate.

AMORE SUPREMO

Il discepolo deve sperimentare il verso "Dio è Amore", per poter essere, in parte, un recipiente per questo Amore.
Allora egli sarà pronto a resistere a tutte le sofferenze.

PRIMA DI DIO

Il discepolo deve fare tutto come se fosse alla presenza di Dio.
In ciò è il suo Amore!

PER AMORE DI DIO

Tutto ciò che fa il discepolo è fatto per amore di Dio.

IL NUOVO INSEGNAMENTO

Il nuovo insegnamento è solo per coloro che possiedono una coscienza risvegliata.
Non è per coloro che vivono con le loro vecchie idee.

IL MAESTRO

Il Maestro non è al servizio di ciò che è temporaneo.Lui serve l'Amore. Perchè egli serve Dio!

RICONOSCIMENTO DI DIO

Il discepolo può riconoscere Dio solo quando vive nella legge dell'Amore.

DIO

Per conoscere Dio, dobbiamo amarLo!

CONVINZIONE

Il discepolo deve fare tutto per convinzione.La sua convinzione è l'Amore verso Dio. La sua convinzione è che Dio regna nel mondo! La sua convinzione è che l'Amore sostiene il mondo!

LE TONALITA' DELL'AMORE

Il colore dell'Amore è il rosa.
Il colore dell'Amore sublime è l'azzurro chiaro.
Il colore dell'Amore Divino è la luce bianca!

ESCURSIONE

La vita terrena del discepolo deve rappresentare una bella escursione.
Attraverserà molti luoghi, esaminerà tutto ciò che incontra sul suo cammino e passerà oltre.

IL PROGRAMMA

Il discepolo deve conoscere dettagliatamente il programma della sua vita e adempierlo nel modo corretto.
Solo la sua supercoscienza può svelarglielo.
Ogni giorno egli ascolterà la voce dentro di lui per sentire cosa Dio gli dirà di fare.

DARE

Sii un'anima amorevole!

AI DISCEPOLI

Possa la pace di Dio dimorare in te!

I SENTIMENTI

Tutti i sentimenti del discepolo devono essere su una scala crescente.

IL CUORE

Devi mantenere il tuo cuore puro. "Solo i puri di cuore vedranno Dio".

PREGHIERA

Il discepolo deve sempre essere in contatto con il Dio dell'Amore. Lascialo pensare all'Unico che è sempre immutabile e gentile!

LA NUOVA MORALE

Il discepolo deve agire secondo la Nuova morale: amare Dio e dire la Verità.

CONSIDERAZIONE

La più nobile qualità nel discepolo è il suo rispetto per gli altri. Sii premuroso con gli altri come Dio lo è con te.

Sii premuroso come lo è la Natura saggia, che presta orecchio al minimo richiamo degli insetti e all'umidità dei fiori, e provvede a tutti.

Sii attento per ciò che lo Spirito Divino vuole che tu faccia. La premura è conoscere come rendere un buon servizio a Dio all'interno di te e agli altri.

CONSIDERAZIONE

L'amore insegna la premura. L'Amore si pone nella posizione di ognuno.

PENETRAZIONE

Il discepolo deve essere molto penetrante e perspicace per poter armonizzare gli elementi opposti e nello stesso tempo magnetizzare.

PENETRAZIONE

L'anima del discepolo deve essere penetrante.
Questo parla di una coscienza risvegliata.

CONTRADDIZIONI

Non appena le contraddizioni entrano nella tua vita, recita "Dio è Amore!" Vai a Dio.

EROISMO

Il discepolo deve essere più forte della sua sfortuna e deve sapere che questa va e viene.
Deve resistere.
Questo è eroismo. Sii coraggioso e vai avanti!
Coraggio e risolutezza sono qualità del discepolo.Egli non può affrontare nulla senza di esse.

ESSO

Quando il discepolo comprende se stesso, egli comprende chiunque.

UNA LEZIONE

Quando il Maestro affida una lezione al discepolo, quest'ultimo deve pregare Dio di ricevere la luce per comprendere bene la lezione.

LA MANO DELLA PROVVIDENZA

Il discepolo vede in tutto ciò che accade intorno a lui la mano amorevole di Dio!

VITA SPIRITUALE

Il discepolo deve trascorrere la sua vita come Dio l'ha progettata.
Per questo egli necessita di conoscenza e di vita spirituale.

CONOSCERE IL GRANDE

Sviluppa il tuo cuore, questo porterà alimento alla mente.
"Il bue conosce il suo padrone".
Ed ora è giunto il tempo per l'uomo di conoscere Dio.

COMPRENSIONE

Si può agire senza soffrire solo se si ha capito.
Si può avere comprensione sempre solo se ha l'Amore.

AL DISCEPOLO

"Possa la mia pace dimorare in voi!

OBBEDIENZA

È meglio per il discepolo essere obbediente che chiedere le cose.
Nell'obbedienza si obbedisce alla volontà del Maestro, mentre nel chiedere cose si obbedisce alla propria volontà.

RICOMPENSA

Il Maestro sta nella forza nell'anima del discepolo dopo che quest'ultimo ha udito le parole sacre del suo Maestro su Dio.
Cosa può fare il discepolo per ricompensare il suo Maestro per tutto ciò che egli ha fatto per lui?
Nulla, ma servire Dio con tutto se stesso!
Solo allora e così egli può ricompensare il suo Maestro.

IL CUORE

Il cuore del discepolo deve ardere sempre con il Sacro fuoco dell'Amore ma non dovrebbe esaurirsi.

SGUARDO SEVERO

Il volto del Maestro non dovrebbe disturbare il discepolo.
Quando il Maestro penetra lo spazio, sembra severo.
Il discepolo deve percerpire e capire questo.

LA LINGUA

La lingua del discepolo non deve rompere le ossa, ma guarire le ferite.

BELLEZZA

La bellezza del discepolo consiste in questo: dire la verità.
La bellezza è la veste della verità.

PRETESE

Il discepolo è conosciuto per il suo modo di vita naturale di vita.
Egli non ha pretese.

CRESCITA
Il discepolo deve crescere!
Quando è sconfitto dovrebbe crescere!
Quando è amato, dovrebbe crescere!
Il discepolo deve crescere!

VOLONTA', CUORE E MENTE
Il compito del discepolo è triplice:
Sviluppare e fortificare la sua volontà
nobilitare e purificare il suo cuore
illuminare e centrare la sua mente.

AMORE E PUREZZA
Amando il discepolo ottiene la purezza.
L'Amore è un potere che può svilupparsi solo nella purezza.

PER IL DISCEPOLO
Il discepolo che ha ricevuto molto, ma non utilizza le sue
conoscenze, sarà molto colpito.

AMORE, SAGGEZZA, VERITA'
L'Amore, la Saggezza e la Verità devono sempre risiedere
nell'anima del discepolo che ama il suo Maestro.
Questo unisce il Maestro con il discepolo.

LA SCIENZA DELL'AMORE

Grande è la scienza dell'Amore!

Si deve studiare l'Amore come si studia la ntura.

La natura non può essere conusciuta studiando un solo fiore.

L'Amore ha innumerevoli forme che insieme formano un intero.

IL FUTURO

La vita del discepolo deve proiettarsi nel futuro.

Il mondo vive nel presente.

Il futuro implica sempre l'elevazione della coscienza.

Il passato è la discesa della coscienza, mentre il presente sta passando.

Il grande futuro deve permeare la vita presente del discepolo.

BUONI DISCEPOLI

I migliori discepoli sono quelli che evolvono naturalmente, nella loro vita non ci sono ritardi o sbalzi.

Loro non aspettano nè corrono, ogni cosa si muove alla velocità naturale.

Il ritmo cosmico è riflesso nelle loro vite.

L'ESSENZA

Il discepolo non deve desiderare qualcosa in modo prematuro.

Non deve volere assaggiare la forte essenza se non è in grado di sostenerla.

L'essenza potrebbe essere così forte da offuscare i suoi sensi.

l Maestro sa di cosa ha bisogno il discepolo.

Il discepolo sa che ogni cosa gli giungerà al momento giusto.

GRATITUDINE

Il discepolo deve essere grato per ciò che il Maestro gli dona e progredire.

Il Maestro non permette che il discepolo si fermi nel suo percorso.

Il discepolo sente l'aiuto del suo Maestro, il supporto del cielo intero.Questo lo riempie in ogni istante di gratitudine e adorazione.

NATURALEZZA

Prima di tutto il discepolo deve raggiungere una armoniosa naturalezza nel suo carattere.

APPRENDIMENTO

Qual'è la cosa più importante per l'uomo affamato?

La cosa più importante per il discepolo è avere un desiderio insiaziabile di studiare.

Imparare è al primo posto per il discepolo.

Tutte le altre cose sono di secondaria importanza.

Il discepolo comincia con lo studiare il seme mentre il mondo cerca l'intero frutteto. Qui risiede la differenza.Ma tali frutteti non si trovano da nessuna parte.

Il discepolo studia per realizzare la Volontà di Dio.

POLARIZZAZIONE

Il discepolo deve conoscere come diventare magnetico e come evitare di essere smagnetizzato.

Egli fa attenzione al positivo nella vita e lavora con questo.

TRATTI DI BASE

Il discepolo deve cambiare nel suo carattere, ma i suoi tratti di base, deposti in lui da Dio non devono cambiare.
Quello che Dio ha deposto in lui è il suo vero sè.

METODO PARTICOLARE DI SVILUPPO

Il discepolo non dovrebbe prestare attenzione agli affari degli altri intorno a sè.
Ognuno ha il suo corso di evoluzione.
Se sei un fiume, devi fluire.
Se sei un albero, devi crescere.
Se sei un frutto, devi maturare.
Ogni cosa necessita di evolvere!

AMORE ASCENDENTE

Quando il discepolo è malato deve realizzare l'Amore all'interno di sè.
Quando l'Amore diventa ascendente, starà bene.

BONTA'

L'essenza dell'uomo è la Bontà!
Il discepolo deve coltivare il Bene dentro di sè.
Questa è la ragione per cui viene inviato sulla Terra.

VOLONTA' PER IL BENE
Fare il Bene richiede volontà.
Per progredrire nella vita, devi avere volontà.
Tu puoi crescere solo dentro e attraverso il Bene.
La volontà non è necessaria per fare il male.
Basta solo fare un passo nella sua corrente e ti trascina verso il basso. La volontà è necessaria per il Bene!

EVOLUZIONE
L'evoluzione per il discepolo significa innalzarsi alle condizioni dove la sua anima crescerà e si svilupperà normalmente.
Questo è un processo continuo di risveglio e liberazione.
Chi lavora coscientemente in questa direzione è un discepolo.
Egli partecipa al corso dell'evoluzione colletiva.

MENTE OGGETTIVA E SOGGETTIVA
La mente obbiettiva del discepolo dovrebbe essere così sviluppata da ricevere chiare e definite impressioni degli oggetti del mondo esterno, nient'altro.
La mente soggettiva del discepolo dovrebbe essere cosi sviluppata da sperimentare le cose interiormente nel modo giusto.
La mente obiettiva lavora con i fatti, mentre quella soggettiva con le leggi.
Ma nessuna di queste è ancora la mente dei principi.

PASSIVITA'
Solo in relazione a Dio, la mente del discepolo può essere passiva, recettiva.
L'umiltà pone l'anima in uno stato recettivo.

BLU E BIANCO

Il discepolo deve assorbire la luce blu e la luce Bianca.
Esse aiutano la sua elevazione spirituale.
Il discepolo deve utilizzare le influenze vitalizzanti dei diversi tipi di raggi per la sua elevazione.

DUE OGGETTI

Concentrarsi è una cosa naturale per il discepolo.
Quando due o più oggetti del mondo materiale e del mondo spirituale entrano nella sua coscienza e si intrecciano, la sua mente si disperde.
Egli non deve permettere che questo accada.
Il discepolo deve concentrasi solo nella direzione che permette il progresso spirituale delle anime, compresa la sua, al di là delle sue ambizioni personali ed egoistiche.

LA GRANDE CIOTOLA

Ci sono discepoli che lavorano con zappe piccole ma che poi chiedono grandi ciotole.
Questo è il motivo per cui il Maestro ad un certo punto porterà il discepolo alle zappe, perchè egli ne scelga una per sè e allora stabiliranno che in base alla dimensione della zappa sarà la dimensione della ciotola.

SI' E NO

Il discepolo deve essere forte per essere in grado di dire si e no basandosi sui principi.
Quando qualcosa per principio non deve essere applicato deve dire no!
E quando qualcosa deve essere applicato deve dire si!

AMORE E SIGNIFICATO

Il discepolo deve sapere che la vita è impossibile senza l'Amore. Ogni cosa diviene ricca di significato nell'Amore.

AMORE E MENTE

E' l'Amore che ammorbidisce le cose, mentre la mente dà loro valore. La Tenerezza è l'espressione esteriore dell'Amore.

DESIDERI ARTIFICIALI

Il discepolo deve guardarsi dai desideri artificiali perchè sono distruttivi.

I desideri naturali dell'anima sono salutari per il discepolo e lo elevano.

Solo un desiderio in accordo con la volontà di Dio, e proveniente da Dio, è un desiderio naturale.

Un desiderio naturale è quello che lo conduce alla vita abbondante.

DUBBIO

Quando il discepolo dubita, si smagnetizza, perde la naturale attrazione che possedeva prima.

INTUIZIONE E MENTE

Ogni discepolo deve seguire la sua propria natura.

Per alcuni discepoli è meglio seguire le proprie intuizioni mentre per altri è meglio ascoltare il proprio ragionamento.

IL PIANO DELLA CREAZIONE

Il discepolo deve studiare e non pensare a come crescere.
Questa domanda non è nel suo piano ma nel Piano Divino della Creazione

VITTORIA

Quando il discepolo è vittorioso egli è felice e per questo rende il suo Maestro felice.
Il discepolo vince quando chiama i poteri dei cieli in suo aiuto.

LA PUREZZA DEL DISCEPOLO

La purezza del discepolo non deve essere macchiata da nulla.
Quando egli è puro e mantiene la sua purezza, egli rende felice il suo Maestro.

BENE

Il discepolo che conosce e applica le sue conoscenze alla vita è buono. La Bontà è un'espressione esteriore dell'Amore.

SACRIFICIO E SAGGEZZA

Il discepolo che sacrifica è buono.
Il discepolo che è saggio è buono.

LA VERITA'

Il discepolo che ama la Verità è buono.
Il Maestro lo chiama buono.

BENE

Il discepolo deve sapere che il Maestro desidera sempre il meglio per i suoi discepoli.
Il Maestro desidera che il discepolo sopporti tutte le sofferenze e superi tutte le tentazioni.

GIOVINEZZA

Chi vive nell'Amore è sempre giovane.
La vecchiaia non esiste per il discepolo, egli vive nell'Amore, ecco perchè egli è un discepolo.
Il mondo non comprende l'Amore.
Chi vive nell'Amore è sempre giovane.

RESISTENZA

Dopo che il discepolo è stato con il suo Maestro, sarà sottoposto a prove per testare il suo Amore.
Se il discepolo ama, sopporterà ogni cosa fino alla fine.
L'Amore resiste a tutto!

AMORE E PACE

Il discepolo che ha la Pace, saprà che ha Amore.
Se l'Amore non può dare la Pace, non è Amore.

VERITA' E AMORE

Il discepolo deve sempre agire per Verità e Amore.
L'Amore mette sempre ogni cosa a posto.
È la più sublime e nobile cosa nella vita.
Ma la Verità rende liberi.
È il potere che dirige l'uomo sulla Via eterna!

VERITA'

Ogni volta che il discepolo potrebbe mentire, deve ricordare le parole del Maestro: la Verità è nostra, ma la menzogna no!
Se è un vero discepolo, non mentirà!

PROVA

Il discepolo deve sapere che non affronterà la stessa prova due volte.
Per questo deve fare attenzione a superarla bene.
Se non la supera e fallisce la prova, un'altra prova gli verrà data, ma la stessa non verrà ripetuta!

LA VERITA'

Parlare di Verità è come subire un'intervento senza anestesia.
Il discepolo deve essere in grado di sopportare la Verità!
Quindi è forte.
Egli sa che nell'essenza interiore la Verità è sempre gentile!

RISPOSTA

Ci sono domande alle quale il discepolo deve rispondere direttamente e sinceramente.
Se egli tergiversa, non sta dicendo la Verità.
Il Maestro conosce la Verità.
Il discepolo viene solo messo alla prova.

POTERE E NOBILTA'

Solo quando non fa il male il discepolo è forte.
E qui risiede la sua Nobiltà.

CONOSCENZA

Il discepolo deve lottare per ottenere la conoscenza dell'Amore con Amore.

La conoscenza ottenuta senza Amore rende l'uomo rude mentre ciò che viene ottenuto con Amore nobilita l'uomo.

Questa è vera conoscenza.

PACE

Il discepolo deve sempre essere calmo.

Non solo esternamente, ma nel profondo della sua anima deve avere pace.

L'uomo di Pace ha un radianza soprannaturale che porta armonia tutto intorno a lui.

PACE

La pace parla della presenza dello Spirito!

SENTIMENTI SACRI

Il discepolo non deve mercanteggiare con i suoi sentimenti sacri.

La cupidigia non è una qualità dell'Amore.

Tutto ha un valore nell' Amore.

PECCATO

Quando il peccato prende possesso del discepolo, egli perde tutto in un attimo.

Il discepollo è forte, non solo quando ottiene ricchezza ma anche quando sa come preservarla.

AMORE

Il discepolo non deve macchiarsi se vuole vivere nell'Amore.
Ogni momento trascorso alla sorgente dell'Amore ha più valore di cento corone!

FRUTTA

Il discepolo dovrebbe essere in grado di vivere solo di frutta.
Questa gli dona sentimenti puri e pensieri radiosi.
Così anche la sua volontà si svilupperà.
Il cibo degli uomini sarà differente tra cento anni.
Ora le donne trascorrono la maggior parte della loro vita nelle cucine mentre gli uomini lavorano esclusivamente per il cibo.

IL PIANO MENTALE

Quando il discepolo medita e si concentra non deve essere distratto da niente cosicchè il suo pensiero possa essere in armonia ed egli possa trovare se stesso nel piano mentale.

IL MAESTRO

L'iniziazione è impossibile senza un Maestro!
Un Maestro è indispensabile per il discepolo, perchè Egli è colui che dà a quest'ultimo la giusta direzione nella vita, sia qui sulla terra e su nel mondo invisibile.
Solo chi è passato sul Sentiero e ne conosce ogni dettaglio può rivelarti il Sentiero.

SOFFERENZA
La sofferenza è la più grande cosa sulla terra per il discepolo.
Attraverso essa egli impara le sue lezioni migliori.
Il discepolo evolve nella sofferenza.
La coscienza si risveglia nella sofferenza.

L' OBIETTIVO
L'obiettivo del discepolo è dentro di lui. È Dio.
Questo è il motivo per cui non ci sono ostacoli sul cammino
per il suo conseguimento.
Il discepolo è sempre contento perchè ogni cosa è dentro di lui.
La gente del mondo cerca il proprio scopo al di fuori di se
stessa. Questo è il motivo per cui la loro vita è piena di
scontentezza.

SOFFERENZA E VERITA'
Non appena il discepolo inizia a comprendere soffrendo nel
modo giusto, egli impara la Verità.

UN ECCESSO
Il discepolo non deve desiderare nella sua vita più sofferenza
e gioia del necessario.
Potrebbe essere eccessiva.
La sofferenza causa umidità mentre la gioia Luce e calore.

SOFFERENZA
Nessuno chiederà al discepolo quanta sofferenza ha
attraversato, ma piuttosto quanto ha imparato da questa.

RICONOSCIMENTO
Il discepolo riconosce il suo Maestro quando solleva la sua
Coscienza al mondo Divino.

PAZIENZA
Abbi pazienza, mio disceopolo, tu che studi presso di me!
La pazienza è una delle grandi qualità di Dio.
Pazienza, mio discepolo, pazienza!

PUREZZA
Il discepolo deve sempre essere puro nella sua anima.
Nel Nuovo Insegnamento il discepolo deve custodire la sua
purezza e quella degli altri sopra ogni cosa.

UN MOTTO
"Io Ti ringrazio, Dio dell'Amore, Tu che mi hai reso in grado
di dire : posso".
Quando il discepolo è in difficoltà deve dire: "Dio è dentro di
me ed è Colui che mi rende in grado di agire.
Nell'Amore Divino "non posso" non esiste.
Dio è Amore".

DUE ESTREMI
Il discepolo deve guardarsi da due estremi: quando il cuore si
raffredda, si trasforma in ghiaccio; quando la mente diviene
calda provoca tempeste.
Il cuore deve essere caldo e la mente deve essere leggera.

UNA REGOLA

Il discepolo deve custodire questa regola sacramente: il Divino
non può essere corretto! E' assoluto!
Non esiste una seconda opinione accanto al Divino.
Il discepolo non infrange mai questa regola.

ALL'UNIVERSITA'

Quando il discepolo è con il suo Maestro, egli è all'università.
Nelle altre circostanze egli è a scuola.

AMORE

L'Amore del discepolo deve essere continuamente purificato
per mescolarsi con l'Amore del Maestro.
Il piccolo può raggiungere il Grande solo attraverso l'Amore.
Solo l'Amore rende grandi le piccole cose.
Solo l'Amore manda il Grande verso il piccolo.
Solo l'Amore fa servire il piccolo al Grande.

TENEREZZA

Il discepolo deve essere molto tenero, generando intorno a se
onde di tenerezza per preparare la venuta della comprensione
del grande Amore Sublime.
Esso è divino, la cosa più sacra sulla terra.
Solo l'Amore Divino è Amore!

IN ESCURSIONE

Quando il disceopolo sta facendo un'escursione in montagna,
è buona cosa per lui recitare una preghiera e fare i suoi esercizi
sulla vetta più alta.

SENZA PAURA
Quando il male arriva si insinua come paura.
Il discepolo deve dire "Senza Paura".
Vale a dire: "Dio trionferà!"

PER AMORE
Il discepolo deve fare tutto con Amore.
Ciò che viene fatto senza Amore è un crimine.
Tutto con Amore!

VIRGINITA'
Il discepolo deve possedere la virginità.
La virginità è una qualità dell'anima, non qualcosa di esterno.

ARMONIA
Il discepolo deve essere in armonia con l'Assoluto e deve avvicinarsi ad Esso con fede assoluta e senza paura.
 L'Armonia è una pre-condizione per lo scambio tra il discepolo e l'Assoluto.

GIOIA
Il discepolo che progredisce bene è gioioso.
La gioia del discepolo scaturisce da dentro di lui come una fonte.
Gli uomini del mondo vogliono alzare il sipario e vedere dove la sua gioia ha la sua fonte, ma non possono farlo così.
La cercano fuori, ma non è lì.
La gioia del disceplo scaturisce dall'interno.

CRESCITA
Lascia crescere il tuo Amore!
Ogni giorno il discepolo deve crescere nell'Amore!

CONOSCENZA DI DIO
Conoscere Dio è ricevere e conoscere il suo Amore.

IL GIUSTO ATTEGGIAMENTO
Quando ami qualcuno, ami tutto ciò che egli ama.
Il discepolo che ama il suo Maestro, ama tutti i suoi ordini.

LA COSA IMPORTANTE
È importante per il discepolo ricevere l' Amore Divino.
Questo Amore dovrebbe divenire essenziale per lui.
Egli dovrebbe viverlo, respirarlo, così che la sua vita sia piena di significato.

LA SCUOLA ORIENTALE
Nella scuola orientale sono creati mezzi artificiali per testare il discepolo ed egli li ha attraversati tutti.
Ma oggi gli sono dati test naturali ed egli deve superare bene queste prove.
Se qualcuno ti offende, sii un eroe, avvicinati a lui e digli con amore: "Vieni di nuovo nella mia casa".

CON DIO
Il discepolo deve essere cosciente di un legame vivente con Dio. Non dovrebbe pensare troppo alle conseguenze, ma piuttosto ai principi

SILENZIO

Quando il Maestro parla, il discepolo deve tacere.
Quando il Maestro tace, il discepolo viene esaminato.
La miglior cosa che il discepolo può applicare facilmente è tacere e ascoltare.

BENE

Il discepolo deve sforzarsi verso il Bene!
Il bene è il frutto dell'Amore, l'Amore è il frutto dello Spirito e lo Spirito è la manifestazione di Dio!

FILOSOFIA

La filosofia è richiesta nella vita del discepolo.
Egli deve essere in grado di riconciliare tutte le contraddizioni.
Le cose grandi sono per il mondo, ma le piccole sono per il discepolo.

LA SCUOLA DIVINA

Nella scuola divina tutte le azioni del discepolo devono essere moderate.
Le cose più sacre dell'anima non sono manifestate al mondo.

NON SUBITO

Il Maestro non dona al discepolo ciò che egli desidera immediatamente, ma lo lascia vivere con quel desiderio per un dato tempo.
Egli permette al discepolo di sperimentare il suo desiderio profondamente.
Se è un desiderio spirituale, permarrà fino alla fine, ma se è materiale svanirà.

PERSEVERANZA

Come prima cosa verrà messa alla prova la perseveranza del discepolo e allora gli verranno affidate specifiche lezioni.

DISCIPLINA E LIBERTA'

Solo il discepolo può imporre a se stesso la disciplina!
In caso contrario sarebbe violenza.
Niente nella sua vita può essergli imposto con la violenza.
Il discepolo fa ogni cosa con libertà interiore.

PICCOLE COSE

Il discepolo è messo alla prova attraverso le piccole cose.
Se egli è attento alle piccole cose, cose più grandi gli verrano date.

ESPERIENZE INTENSE

Le esperienze intense del discepolo sono interiori e sono a malapena visibili dall'esterno.
Solo così possono essere preziose per lui.

PROFONDITA'

Il discepolo deve passare attraverso grandi sofferenze per acquisire profondità di carattere.
Senza questa profondità, non può avere stabilità e resistenza.
È necessario per il suo carattere, perchè ha un'influenza rinvigorente.
La profondità è la sostanza delle cose, mentre la dimensione è riferita alla forma esteriore.
I sentimenti possono essere profondi, ma possono anche essere intensi. L'intensità è la quarta dimensione.

IL BUON DISCEPOLO

Il discepolo non deve mai criticare le azioni del suo Maestro,
se vuole essere un buon discepolo.
Perchè il Maestro è più saggio del discepolo.
Quest'ultimo deve sempre gioire degli ordini del suo Maestro
e dire: "Questo è bene. Questo è il desiderio del mio Maestro.
Dovrò riempirlo di Gioia e Amore!"

AMORE PER DIO

Amare Dio è spargere i semi della purezza sul tuo sentiero.
Appena il discepolo ama Dio, egli entra nella vita giusta e
supererà tutte le avversità.

GENTILEZZA

Oggi la natura è più gentile che severa, sia la gentilzza che la
severità attraggono, ma la gentilezza ha un maggior potere
d'attrazione.
Solo Dio è gentile.
La misericordia conferisce la calma, mentre l'Amore
conferisce la vita.

AMORE DELL'ANIMA

L'Amato dell' anima umana, egli è l'Augusto del mondo, Dio stesso.

La scoperta dell'Amato è il momento del tuo risveglio!

Che cambiamento avviene in te! Sei già un Figlio della Luce!

Senti la fragranza di migliaia di fiori su di te.

La luce comincia ad abbracciare teneramente tutto cio che Dio ha creato!

La neve e il ghiaccio iniziano a sciogliersi.

Sei già nella terra dove il sole brillante non smette mai di splendere.

Perchè non esiste più la notte, tutte le lacrime sono state spazzate via dai tuoi occhi.

Diventi in grado di udire la musica ultraterrena che riempie tutto.

Sembrerà emanare dalle rocce, dalle cime delle montagne, dai ruscelli, dall'erba, dai fiori, dagli alberi e dalle stelle!

Ti parlano e tu capisci il loro linguaggio!

E' il loro inno di preghiera al Divino.

Le acque cristalline scorrono intorno a te portatrici di immortalità; bellissimi alberi crescono e danno frutti ogni mese e le loro foglie sono per la guarigione delle nazioni.

Ami tutto per il bene del tuo Amato perchè vedi il riflesso della sua Bellezza in tutto!

E il loro Amore per te è l'Amore del tuo Amato!

Tu non ami, ma sei tu stesso Amore.

Sei tu stesso Purezza, Innocenza e Luce!

Fai tutto per Amore del tuo Amato!

Guardi intorno e vedi che ogni cosa è bella!

E dici: "Ora comprendo che il piano della Creazione è il piano dell'Amore.

Tutto è Amore! Tutto è Verità!"Questo è l'Amore dell'anima!

UNA CHIAMATA PER IL LAVORO!

Le anime risvegliate dicono:

La lunga notte è finita!

Il velo si è sollevato dai miei occhi e ora comprendo:

Tutto è Bellezza! Tutto è Gioia!

Tutto è Purezza! Tutto è Amore!

Amo tutto perchè la Bellezza, la Gioia, la Purezza e l'Amore sono in tutte le cose.

Andrò da coloro che sono senza fede e donerò la Luce nella quale io vivo.

Andrò da coloro che piangono, per condividere con loro la mia gioia.

Andrò ai disperati per confortarli.

Andrò dalle anime oppresse, per donare loro il mio Amore!

Andrò da tutti, per dar loro la mia pace.

E in questo è la mia gioia.

Perchè loro sono in me, ed io in loro.

Sto andando a servire.